Να είσαι άνθρωπος σε μια εμπόλεμη ζώνη

Translated to Greek from the English version of

Being Human in a War Zone

Meher Pestonji

Ukiyoto Publishing

Όλα τα παγκόσμια εκδοτικά δικαιώματα ανήκουν στην

Ukiyoto Publishing

Δημοσιεύθηκε το 2023

Πνευματικά δικαιώματα περιεχομένου ©
Meher Pestonji
ISBN 9789360164829
Όλα τα δικαιώματα διατηρούνται.

Κανένα μέρος της παρούσας έκδοσης δεν επιτρέπεται να αναπαραχθεί, να μεταδοθεί ή να αποθηκευτεί σε σύστημα ανάκτησης, σε οποιαδήποτε μορφή με οποιοδήποτε μέσο, ηλεκτρονικό, μηχανικό, φωτοτυπικό, ηχογραφημένο ή άλλο, χωρίς την προηγούμενη άδεια του εκδότη.

Τα ηθικά δικαιώματα του συγγραφέα έχουν κατοχυρωθεί.

Πρόκειται για έργο φαντασίας. Ονόματα, χαρακτήρες, επιχειρήσεις, τόποι, γεγονότα, τοποθεσίες και περιστατικά είναι είτε προϊόντα της φαντασίας του συγγραφέα είτε χρησιμοποιούνται με φανταστικό τρόπο. Οποιαδήποτε ομοιότητα με πραγματικά πρόσωπα, ζωντανά ή νεκρά, ή πραγματικά γεγονότα είναι καθαρά συμπτωματική.

Το παρόν βιβλίο πωλείται υπό τον όρο ότι δεν θα δανειστεί, μεταπωληθεί, εκμισθωθεί ή κυκλοφορήσει με οποιονδήποτε άλλο τρόπο, χωρίς την προηγούμενη συγκατάθεση του εκδότη, σε οποιαδήποτε μορφή βιβλιοδεσίας ή εξωφύλλου εκτός από αυτό στο οποίο έχει εκδοθεί.

www.ukiyoto.com

*Η σκέψη επιπλέει
βουτάει σε ένα κεφάλι
κολυμπάει τριγύρω
απομακρύνεται*

*Αν αξίζει να την κρατάς
πάγωσέ την στο χαρτί*

*Λέξεις
παγιδευμένη στο χαρτί
ανάβουν τα μυαλά
συντήκουν ιδέες.
σε σχέδια
για δράση*

Περιεχόμενα

Απαγόρευση κυκλοφορίας	1
Γιατί να δραπετεύσετε;	6
Ο επαναστάτης	16
Οι φόβοι της μητέρας	29
Κληρονομιά	39
Δύο σπίτια, αλλά άστεγοι	46
Αντίπαλοι	59
Τι μέρα!	69
Αγάπη, παρ' όλα αυτά	76
Παιδιά σε εμπόλεμη ζώνη	84
Ζώντας ως εξόριστοι	91
Μετά τον πόλεμο	106
Συνείδηση	120
Εκπαίδευση κοριτσιών	125
Σχετικά με τον συγγραφέα	*136*

Απαγόρευση κυκλοφορίας

Ο μοναχικός στρατιώτης δίστασε να μπει στον άδειο δρόμο. Μετρημένα βήματα τον έφεραν μέσα, το ένα βήμα μετά το άλλο, με τα μάτια του να πετάγονται από το δρόμο στην ταράτσα και πίσω, με το όπλο του να σημαδεύει προς τα εδώ και προς τα εκεί. Την απόκοσμη σιωπή έσπαγε μόνο ο θόρυβος από τις βαριές μπότες του. Ένιωσε χίλια μάτια να τον διαπερνούν από τα καγκελόφραχτα παράθυρα. Περίεργα, διαπεραστικά μάτια. Τόσο φοβισμένα όσο... Οι στρατιώτες δεν μπορούν να φοβούνται, υπενθύμισε στον εαυτό του.

Κι άλλος ήχος. Το τρίξιμο μιας πόρτας που άνοιγε. Ενστικτωδώς ο στρατιώτης σήκωσε το όπλο του. Ένας άντρας, με τα χέρια διπλωμένα στο στήθος, στεκόταν άκαμπτος στην πόρτα και τον κοιτούσε επίμονα. Έμοιαζε με τον μεγαλύτερο αδελφό του στρατιώτη. Ίδιο ύψος, ίδιοι φαρδύι ώμοι, ίδια καστανά μαλλιά.

"Υπάρχει απαγόρευση κυκλοφορίας! Πηγαίνετε μέσα!" φώναξε ο στρατιώτης. Ο άντρας δεν κουνήθηκε. "Έχω εντολή να πυροβολήσω αμέσως! Πηγαίνετε πίσω!"

Καμία αλλαγή στη θέση του άνδρα. Τα χείλη του στρατιώτη έτρεμαν. Δεν είχε καμία διάθεση να πυροβολήσει. Δεν είχε σκοτώσει ποτέ κανέναν. Αλλά η εντολή του έπρεπε να τηρηθεί. Γιατί είχε διαταγές να υπακούσει.

"Τελευταία προειδοποίηση!" γαύγισε, ανακουφισμένος που η φωνή του δεν έτρεμε. "Μπες μέσα αμέσως!" Καμία αλλαγή στη στάση του άντρα. Καμία επιλογή για τον στρατιώτη Ένα τρεμάμενο δάχτυλο πάτησε τη σκανδάλη, το όπλο σημάδευε τον αέρα. Η σιωπή διασπάστηκε από μια σφαίρα που έσκασε. Ακόμα ο άντρας δεν κουνιόταν. Ήταν διάβολος; Αυτοκτονικός; Πώς μπόρεσε να παραμείνει ακίνητος μπροστά στον κίνδυνο!

Η οικογένειά του είναι πίσω από την πόρτα, σκέφτηκε ο στρατιώτης. Η μητέρα του; Η σύζυγος; Παιδιά; Η δική του μητέρα ήταν ασφαλώς μακριά. Θα είχε τα κότσια να την προστατέψει όπως έκανε αυτός ο άντρας; Έδιωξε τη σκέψη. Δεν ήταν ώρα για αδυναμία. Οι εντολές του ήταν σαφείς. Κανείς δεν έπρεπε να παραβιάσει την απαγόρευση κυκλοφορίας.

Σημάδεψε το όπλο του και πυροβόλησε. Μια κόκκινη κηλίδα εμφανίστηκε στον ώμο του άντρα. Η πόρτα πίσω του άνοιξε και τον τράβηξε μέσα. Μέσα σε λίγα δευτερόλεπτα ένας άλλος άνδρας πήρε τη θέση του, με τα χέρια του διπλωμένα στο στήθος.

Είχε παραισθήσεις; Το όπλο τον εμπόδισε να τρίψει τα μάτια του. Η κάννη ήταν ακόμα ζεστή. Δεν είχε τραυματίσει τον άντρα; Γιατί να πάρει κάποιος άλλος τη θέση του γνωρίζοντας ότι μπορεί να πυροβοληθεί κι αυτός; Ανοιγόκλεισε τα μάτια του και μετά τα ξανακοίταξε. Ο δεύτερος άντρας ήταν ακόμα εκεί.

Ο δεύτερος άντρας έμοιαζε με τον πρώτο. Μόνο που το πουκάμισό του ήταν μαύρο, όχι μπλε. Στεκόταν στην ίδια προκλητική στάση. Σιωπηλός. Η προκλητικότητα άρχισε να εκνευρίζει τον στρατιώτη. Τα χείλη του έτρεμαν καθώς διέταζε: "Πήγαινε μέσα! Απαγόρευση κυκλοφορίας!"

Ήταν κουφός ο άντρας; Ήταν όλη η οικογένεια κουφή; Ήταν όλοι τους τρελοί; Δεν είχαν καταλάβει ότι υπήρχε πόλεμος; Ότι θα μπορούσαν να σκοτωθούν επειδή αψήφησαν την εξουσία! Αρχή...; Ποια αρχή; Ήταν ο γιος ενός συνηθισμένου αγρότη. Είχε καταταγεί στο στρατό λόγω του ενδιαφέροντός του για τις πολεμικές τέχνες. Μόνο η στολή του του έδινε εξουσία. Η στολή έφερνε σεβασμό. Τον θαυμασμό των κοριτσιών. Και εξουσία. Ως εκπρόσωπος του στρατού ήταν μια φωνή που έπρεπε να υπακούει.

Είχε εκπαιδευτεί να υπακούει στους ανώτερους. Μέσα σε τρία χρόνια δεν του πέρασε από το μυαλό καμιά σκέψη περιφρόνησης. Εκπαιδευόταν στην τόνωση των μυών, στην αντιμετώπιση δύσκολων εδαφών, εκπαιδεύονταν να πυροβολεί στόχους σε σκοπευτήριο. Τίποτα δεν τον είχε εκπαιδεύσει να καταπνίγει την προκλητικότητα, να θέτει υπό έλεγχο τους εξεγερμένους πολίτες; Εδώ δεν ήταν όχλος. Πώς θα αντιμετώπιζε έναν άνθρωπο που στεκόταν μόνος του στο δρόμο κατά τη διάρκεια της απαγόρευσης κυκλοφορίας;

Γιατί αυτός ο δρόμος ήταν τόσο ήσυχος όταν ολόκληρη η πόλη ήταν σε αναστάτωση; Ο στρατιώτης κοίταξε γύρω του για να δει αν υπήρχαν κι άλλοι τρελοί στο δρόμο. Δεν υπήρχε κανένας, αλλά ο άντρας με το μαύρο πουκάμισο, περίπου εκατό μέτρα μακριά, του έκανε νόημα να έρθει μπροστά. Ήταν παγίδα για να εκδικηθεί τον τραυματία;

Ο φόβος έπιασε το λαιμό του. Αν και η συμπεριφορά του άνδρα δεν ήταν απειλητική, ο στρατιώτης δεν μπορούσε να τον εμπιστευτεί. Αλλά ήταν περίεργος γι' αυτή την οικογένεια των τρελών. Έκανε μερικά προσεκτικά βήματα και στη συνέχεια βάδισε προς τον άνδρα δείχνοντας πολύ πιο σίγουρος απ' ό,τι ένιωθε. Η καρδιά του χτυπούσε δυνατά.

Καθώς πλησίαζε, ο άνδρας κατέβασε τα χέρια από το στήθος του. Ο στρατιώτης δεν κατέβασε το όπλο του. Μια επιφυλακτική εκτίμηση ο ένας του άλλου. Μετά ο άνδρας γύρισε, έπιασε ένα πόμολο και άνοιξε την πόρτα. Μια ροή φωτός ξεχύθηκε έξω. Ο άντρας μπήκε μέσα κάνοντας νόημα στον στρατιώτη να τον ακολουθήσει.

Ο φόβος τον κατέκλυσε καθώς πάλευε ενάντια στην παρόρμηση να τρέξει. Η εκπαίδευσή του τον συγκράτησε. Ένας στρατιώτης δεν τρέχει μακριά από τον κίνδυνο. Σηκώνοντας το όπλο στον ώμο του, με το δάχτυλο στη σκανδάλη, πλησίασε την ανοιχτή πόρτα. Καθώς μπήκε στο δωμάτιο, η πόρτα έκλεισε απαλά πίσω του.

Στο δωμάτιο βρίσκονταν τρεις γυναίκες και μισή ντουζίνα άνδρες. Όλοι κάθονταν ήσυχα απέναντι σε μια λαμπρή Παναγία, με λευκό πέπλο τυλιγμένο πάνω από μια μπλε κάπα, με το χέρι υψωμένο σε ευλογία. Τρία κόκκινα κεριά έλαμπαν σε έναν αυτοσχέδιο βωμό στα πόδια της. Ένα μοσχοβολιστό άρωμα πλανιόταν στον αέρα.

Ήταν η Παναγία της εκκλησίας του χωριού του. Είχε γονατίσει μπροστά της χίλιες φορές - όταν η μητέρα του ήταν άρρωστη, όταν ο αδελφός του έχασε τη δουλειά του, ακόμη και πριν από τις εισαγωγικές εξετάσεις για τον στρατό. Στεκόταν παράλυτος, με το στόμα ανοιχτό, με το μυαλό παγιδευμένο σε μια δίνη αναμνήσεων.

"Ζήτα της να σε προστατεύσει", ψιθύρισε ο άντρας πίσω του.

Ο στρατιώτης πέταξε το όπλο του και γονάτισε.

Γιατί να δραπετεύσετε;

Ο Ναμπίλ δεν είχε ξαναδεί τόσο μεγάλο καθρέφτη. Μπορούσε να δει ολόκληρο το σώμα του σε αυτόν. Από τα μαύρα μαλλιά του μέχρι τα γόνατα και τους αστραγάλους του. Ήταν ψηλός, λεπτός και, χωρίς το κεφιγιέ, ένα σγουρό τσαμπί από μπερδεμένες μπούκλες ξεφύτρωνε πάνω από το κεφάλι του. Καμάρωνε, λύγιζε τους μυς των χεριών του, τεντωνόταν, έσκυβε μπροστά για να εξετάσει τον εαυτό του από διάφορες γωνίες. Του άρεσε αυτό που έβλεπε.

Ο καθρέφτης διπλασίασε το μέγεθος του δωματίου του ξενοδοχείου. Δύο κρεβάτια, μια ντουλάπα, ένα μικρό τραπέζι με δύο καρέκλες. Τα πάντα διπλασιάστηκαν από τον καθρέφτη. Ένιωθε παράξενα να κάθεται σε μια καρέκλα, ακόμα πιο παράξενα να βλέπει τον εαυτό του να κάθεται σε μια καρέκλα. Είχε συνηθίσει να κάθεται στο πάτωμα. Χαιρέτησε το είδωλό του- αυτό του απάντησε. Έβγαλε τη γλώσσα του, το ίδιο έκανε και το είδωλο. Ο Ναμπίλ γέλασε κοιτάζοντας τον περιστρεφόμενο ανεμιστήρα. Δεν διπλασιάστηκε από τον καθρέφτη.

Ένα μεγάλο παράθυρο μπορούσε να ανοίγει και να κλείνει κρατώντας το δωμάτιο γεμάτο φως όλη μέρα. Ανοιγόταν σε έναν πολυσύχναστο δρόμο. Ήταν παράξενο να είσαι μέσα σε ένα δωμάτιο και να βλέπεις έξω αυτοκίνητα. Δεκάδες αυτοκίνητα να τρέχουν προς αντίθετες κατευθύνσεις. Οι άνθρωποι ήρεμα περνούσαν ανάμεσά τους. Δεν φοβόντουσαν μήπως τους χτυπήσουν; Είδε ένα αγόρι, όχι πάνω από δώδεκα χρονών, να διασχίζει άνετα το δρόμο. Θα μπορούσε να το κάνει ο Ναμπίλ;

Το σπίτι του στο Sarouj δεν είχε παράθυρα. Όλες οι καλύβες του χωριού ήταν πανομοιότυπες - κωνικές "κυψέλες" με κυλινδρικό θόλο στην κορυφή, με μικρές σχισμές στην κορυφή που άφηναν να μπαίνει φως. Μέσα ήταν σκοτεινά αλλά δροσερά, σε αντίθεση με το καυτό φως της ερήμου. Οι χοντροί τοίχοι, από λάσπη επιχρισμένοι πάνω σε ξερό άχυρο, κρατούσαν τη ζέστη έξω και προστάτευαν τους κατοίκους από τη στροβιλίζουσα άμμο.

Το χωριό του απείχε τρία χιλιόμετρα από τον αυτοκινητόδρομο. Μόνο δύο λεωφορεία εξυπηρετούσαν την περιοχή - ένα πρωί και ένα βράδυ. Τα βράδια η μητέρα του άπλωνε το μικρό χαλί της έξω από την καλύβα τους, συνομιλούσε με τη γειτόνισσά της συγκρίνοντας τις τιμές των χουρμάδων, των ελιών και άλλων παραφενέλιων στο σουκ, άκουγε το τραγουδιστό φλάουτο του γηραιότερου κατοίκου του Sarouj από την άλλη άκρη της κυκλικής αυλής. Τις μέρες που ο άνεμος ούρλιαζε πετώντας σκόνη στα μάτια τους, τα βράδια τελείωναν πριν αρχίσουν.

Ο Ναμπίλ τα είχε αφήσει όλα πίσω του. Ήταν καθ' οδόν για την Ελλάδα με την Αμούχ του, μπαίνοντας σε έναν κόσμο όπου το φως και η ζέστη δεν ήταν συνυφασμένα. Η Ελλάδα, με τους αμπελώνες και τα οπωροφόρα δέντρα. Πολύ διαφορετική από τις συκιές και τους χουρμαδιές. Όλη την εβδομάδα ονειρευόταν να μαθήσει ένα πορτοκάλι, να δαγκώσει τη ζουμερή σάρκα του. Ήταν νέος και δυνατός. Θα έβρισκε δουλειά στην Ελλάδα. Σε ένα εργοστάσιο, σε μια φάρμα, οποιαδήποτε δουλειά. Το ρίσκο θα άξιζε τον κόπο.

Ο Αμούχ είχε πάει να συναντήσει τον πράκτορα που καθόριζε το ταξίδι τους. Ο Μπάουα είχε πουλήσει δύο κατσίκες που έδιναν γάλα για να πληρώσει τον Ναμπίλ. Είχε ακούσει τον πατέρα του και τον θείο του να μιλούν χαμηλόφωνα ότι δεν ήταν ασφαλές για τον Ναμπίλ να παραμείνει στο Σαρούτζ για πολύ ακόμα. Είχε κλείσει τα δεκαέξι, ήταν το ψηλότερο και δυνατότερο αγόρι του χωριού. Οι στρατιώτες είχαν ανιχνευτές που τριγυρνούσαν στα χωριά για να ρουφήξουν τους νέους άνδρες. Ο Bowa ήθελε να κρατήσει τον Nabeel ασφαλή, ακόμα κι αν έπρεπε να τον στείλει μακριά.

Ο Ναμπίλ άκουσε την απόφασή τους με ανάμεικτα συναισθήματα. Περισσότερο από τον Bowa θα του έλειπε ο Daye. Ποιος θα τον περίμενε με ένα ποτήρι κατσικίσιο γάλα όταν θα επέστρεφε από το ποδόσφαιρο; Ποιος θα σκούπιζε τα μάτια του Daye με κρύες κομπρέσες αν δεν ήταν εκεί; Ποιος θα τη βοηθούσε να κατεβάσει τα σιτηρά που ήταν αποθηκευμένα στο ράφι που άγγιζε σχεδόν την οροφή;

Αλλά η ιδέα της εισόδου στον σύγχρονο κόσμο ήταν συναρπαστική. Θα δούλευε σκληρά, θα έστελνε χρήματα στο σπίτι. Όταν θα ήταν αρκετά μεγάλος ώστε να μην είναι πλέον ελκυστικός για τους στρατιώτες, θα επέστρεφε φορτωμένος με δώρα. Ήταν ενθουσιασμένος που θα πήγαινε με τον Ammuh, ο οποίος δεν είχε γιους και αντιμετώπιζε τον Nabeel ως δικό του παιδί.

Ο Ammuh είχε φύγει τρεις ώρες. Ο Ναμπίλ είχε βαρεθεί να διασκεδάζει με τον καθρέφτη και το παράθυρο. Ήταν ανήσυχος να βγει στη μεγάλη πόλη. Να αναλάβει την κίνηση του δρόμου. Να ξεκινήσει τη νέα του ζωή.

Με επιδεξιότητα τύλιξε το κόκκινο και άσπρο κεφιγιέ γύρω από το κεφάλι του, αφήνοντας το δεξί άκρο να κρέμεται πάνω από τον ώμο του. Κλείδωσε το δωμάτιο και κατέβηκε τις σκάλες αφήνοντας το κλειδί στη ρεσεψιόν, όπως είχε δει να κάνει ένας ηλικιωμένος άνδρας όταν έκαναν check in. Μετά βγήκε στο φως του ήλιου, ζεστό αλλά όχι σκληρό.

Ένας ευθύς μακρύς δρόμος με ελκυστικές βιτρίνες καταστημάτων και στις δύο πλευρές, απλωνόταν μπροστά του. Περπάτησε κατά μήκος του πεζοδρομίου στην ίδια πλευρά με το ξενοδοχείο. Θα έμενε σε οπτική επαφή με το ξενοδοχείο για να είναι σίγουρος ότι θα έβρισκε το δρόμο της επιστροφής. Λίγοι άνθρωποι βρίσκονταν στο δρόμο, αλλά ένα εστιατόριο ήταν γεμάτο από άνδρες με καφτάνια που έτρωγαν ζουμερά κρέατα. Ξαφνικά ένιωσε πείνα. Ο Αμούχ του είχε πει να παραγγείλει γεύμα στο ξενοδοχείο, αλλά δεν είχε αφήσει χρήματα στον Ναμπίλ.

Όλα τα μαγαζιά ήταν φωτισμένα με δεκάδες ηλεκτρικά φώτα αν και ήταν μέρα. Ακόμα και ένας γάμος στο Σαρούτζ δεν είχε τόσα πολλά φώτα! Τι ποικιλία αγαθών! Ρούχα, παπούτσια, ποδήλατα, αποσκευές, χάλκινα μπολ με γυαλιστερά, γεωμετρικά σχέδια. Πιο φανταχτερά από αυτά του Daye που είχαν φθαρεί από την πολυετή χρήση. Μια παχουλή γυναίκα φορούσε μια κόκκινη φούστα μέχρι το γόνατο, με ορατά τα κάτω πόδια! Ήταν τουρίστρια;

Μια ασυνήθιστη επίδειξη στην απέναντι πλευρά του δρόμου τράβηξε την προσοχή του. Ήρθε η ώρα να διασχίσει το δρόμο. Ο Ναμπίλ στηρίχτηκε, κατέβηκε από το πεζοδρόμιο και πέρασε απέναντι, κάνοντας ζιγκ-ζαγκ ανάμεσα στα αυτοκίνητα για να πηδήξει στο απέναντι πεζοδρόμιο. Τα φρένα έτριζαν, οι οδηγοί φώναζαν, αλλά ο Ναμπίλ δεν νοιαζόταν. Ήταν ενθουσιασμένος! Τα κατάφερε! Έμπαινε στον σύγχρονο κόσμο.

Το δελεαστικό κατάστημα είχε βουνά από πολύχρωμα φρούτα. Ποτέ δεν είχε δει τόσες πολλές ποικιλίες φρούτων. Πώς ισορροπούσαν τέτοιες πυραμίδες; Αν το έσκαγε με ένα από αυτά, η πυραμίδα θα γκρεμιζόταν; Ένας άντρας αγόραζε μπανάνες. Καθώς σήκωνε το καφτάνι του για το πορτοφόλι του, μια ατσάλινη λάμψη έλαμψε στο φως του ήλιου. Μια ανατριχίλα διέτρεξε τη σπονδυλική στήλη του Ναμπίλ. Ήταν το κοντάκι ενός όπλου.

Είχε δει όπλο μόνο μια φορά. Δύο άγνωστοι είχαν επισκεφθεί μυστηριωδώς τον Σαρούτζ. Έρχονταν με το βραδινό λεωφορείο, πήγαιναν κατευθείαν στο σπίτι του Wahid και έφευγαν με το λεωφορείο του επόμενου πρωινού. Δεν συναντούσαν κανέναν εκτός από τον πατέρα του Wahid. Τον άκουγαν να διαφωνεί μαζί τους μέχρι αργά το βράδυ.

Ο Wahid ήταν τρία χρόνια μεγαλύτερος από τον Nabeel. Έπαιζαν ποδόσφαιρο στην άκρη του χωριού τις ώρες πριν τη δύση του ηλίου. Μια νύχτα οι φωνές ήταν πιο δυνατές από το συνηθισμένο, με όλο το χωριό να ακούει τον πατέρα του Wahid να φωνάζει επανειλημμένα "Όχι! Δεν θα αφήσω το γιο μου να φύγει!". Ένας πυροβολισμός ακούστηκε. Μετά σιωπή. Οι φοβισμένοι χωρικοί παρέμειναν πίσω από κλειδωμένες πόρτες.

Ο Ναμπίλ δεν μπορούσε να κοιμηθεί. Νωρίς το πρωί, σκαρφάλωσε στη λεπτή σχισμή στη στέγη της καλύβας τους για να δει τον Ουαχίντ να απομακρύνεται από τους ξένους, ενώ ένας από αυτούς πίεζε ένα όπλο στην πλάτη του Ουαχίντ. Ήταν ο άνδρας που αγόραζε μπανάνες ένας από αυτούς που είχαν πάρει τον Ουαχίντ;

Δίπλα στον πάγκο με τα φρούτα υπήρχε ένα σούπερ μάρκετ με τα πάντα κάτω από τον ήλιο στοιβαγμένα από το πάτωμα μέχρι το ταβάνι - πλαστικές συσκευασίες, βάζα, μπουκάλια με ετικέτες με ονόματα που δεν μπορούσε να διαβάσει. Γυναίκες με πολύχρωμα χιτζάμπ, με τα πρόσωπά τους ανοιχτά στο φως του ήλιου, μάζευαν ό,τι ήθελαν σε μικρά καροτσάκια και τα έσπρωχναν προς έναν πάγκο όπου ένας ταμίας έκανε λογαριασμούς. Τι παράξενη αγορά. Κανείς δεν έκανε παζάρια!

Βγήκε ξανά στο φως του ήλιου, κάνοντας μια γρήγορη στροφή για να δει αν μπορούσε να εντοπίσει το ξενοδοχείο του. Ναι, εκεί ήταν, συρρικνωμένο από την απόσταση, αλλά αναγνωρίσιμο από μια φωτεινή κόκκινη πινακίδα σε μια γλώσσα που δεν μπορούσε να διαβάσει. Δύο αγόρια περίπου στην ηλικία του κοιτούσαν μέσα σε ένα βιβλιοπωλείο με αραβικούς τίτλους. Πέρασε από ένα ανθοπωλείο, έναν κουρέα, ένα άλλο εστιατόριο, λιγότερο γεμάτο από το πρώτο. Στη συνέχεια ο δρόμος χωρίστηκε. Και οι δύο θα τον έπαιρναν μακριά από τη θέα του ξενοδοχείου. Έπρεπε να γυρίσει πίσω.

Γιατί δύο άντρες με ενωμένα τα χέρια στέκονταν σιωπηλά στη διασταύρωση; Δεν θα μπορούσαν να φοβούνται να περάσουν απέναντι. Ως δια μαγείας, η κυκλοφορία σταμάτησε και πέρασαν απέναντι. Ο Ναμπίλ έτρεξε πίσω και βρέθηκε με ασφάλεια στην πλευρά του ξενοδοχείου του. Τα αυτοκίνητα άρχισαν να κινούνται ξανά. Υπενθύμισε στον εαυτό του ότι βρισκόταν σε μια σύγχρονη πόλη. Ο Αμούχ του είχε πει για τα κόκκινα και τα πράσινα φανάρια.

Πίσω στο ξενοδοχείο, ο Αμούχ καθόταν στο κρεβάτι και ξεφάχνιζε ντοσιέ εγγράφων. Με ψηλή φωνή ο Ναμπίλ άρχισε να φλυαρεί για τα φωτισμένα καταστήματα, την κυρία με το κοντό κόκκινο φόρεμα, προσθέτοντας θριαμβευτικά ότι είχε διασχίσει τον πολυσύχναστο δρόμο δύο φορές! Σιγά σιγά η ζοφερή διάθεση του θείου του διέρρευσε. Τα μάτια του θείου του ήταν χαμηλωμένα, το σώμα του σκυφτό, το κεφιγιέ του πεταμένο απρόσεκτα στην καρέκλα. "Συμβαίνει κάτι, Ammuh;"

Ο Αμούχ σήκωσε τα ανήσυχα μάτια στο πρόσωπο του ανιψιού του. "Πρέπει να σε στείλω πίσω στο Sarouj", ανακοίνωσε.

Οι λέξεις ήταν ένα χαστούκι. Μόλις που είχε αγγίξει την περιφέρεια του ονείρου του. Πώς μπόρεσε να το αρπάξει μακριά! "Τι συνέβη;"

Με σπασμένη φωνή ο Αμούχ του είπε ότι το τελευταίο πλοίο που είχε στείλει ο πράκτορας ανατράπηκε επειδή ήταν υπερφορτωμένο. Κάποιοι κατάφεραν να κολυμπήσουν, κάποιοι άλλοι πνίγηκαν. "Έχει υπερφορτώσει και την αυριανή βάρκα", κατέληξε ο Αμούχ με λύπη.

"Πρέπει να βρούμε έναν καλύτερο πράκτορα".

"Αρνήθηκε να μας επιστρέψει τα χρήματά μας."

"Πρέπει να επιστρέψει τα χρήματά μας!" φώναξε αγανακτισμένος ο Ναμπίλ. "Καταγγείλτε τον στην αστυνομία!"

Το πρόσωπο του θείου του πήρε ένα ειρωνικό χαμόγελο. "Άνθρωποι σαν εμάς δεν μπορούν να πάνε στην αστυνομία. Ταξιδεύουμε χωρίς χαρτιά. Γι' αυτό αυτοί οι καρχαρίες τη γλιτώνουν"

Κάθισαν σιωπηλοί, με την ένταση να τους κατακλύζει με έναν χειροπιαστό μανδύα. Ο καθρέφτης διπλασίαζε τα προβληματισμένα τους πρόσωπα. Ο Ναμπίλ δεν είχε μάτια γι' αυτό τώρα. Η αναταραχή στο κεφάλι του συνέχιζε να στροβιλίζεται σαν τις μέλισσες γύρω από μια κυψέλη, να κάνει κύκλους χωρίς να έρχεται σε επαφή με τη διαύγεια. Πώς θα μπορούσε να επιστρέψει στο μοναχικό του σπίτι μετά από λίγες μόνο ώρες στην αστραφτερή πόλη. Γιατί να εγκαταλείψει τα όνειρα για μια αξιοπρεπή ζωή; Να ρισκάρει να παρασυρθεί ξανά σε κίνδυνο;

Η φωνή του Αμούχ διέσχισε την ομίχλη. "Λυπάμαι Ναμπίλ, πρέπει να σε στείλω πίσω".

"Να σε στείλω; Δεν θα έρθεις;"

"Έχω αρκετά χρήματα μόνο για ένα εισιτήριο λεωφορείου".

"Κι εσύ;"

Ο θείος του παρέμεινε σιωπηλός με τα μάτια καρφωμένα στο πάτωμα. "Πούλησα τα πάντα για να πληρώσω αυτόν τον πράκτορα", είπε τελικά. "Δεν μου έχει μείνει τίποτα στο Sarouj. Αν γυρίσω πίσω, θα γίνω ζητιάνος. Πρέπει να πάω με το πλοίο".

Τα χείλη του Ναμπίλ σφίχτηκαν από αγανάκτηση. Η ζωή ήταν άδικη. Η αντίθεση ανάμεσα στο Sarouj και την αστραφτερή πόλη ήταν αρκετή απόδειξη. Αλλά ένας πράκτορας που έβγαζε χρήματα από τις οικονομίες των ανθρώπων ήταν χειρότερο από την αδικία. Ήταν εγκληματικό.

Ξαφνικά ο Ναμπίλ αποφάσισε ότι θα εντασσόταν στην αστυνομία μόλις έφταναν στην Ελλάδα. Είδε τον εαυτό του με στολή, σε θέση εξουσίας, να καταδιώκει εγκληματίες. Αν για κάποιο λόγο δεν μπορούσε να το κάνει αυτό, θα γινόταν ξεναγός, όχι πράκτορας, θα βοηθούσε τους πρόσφυγες να περάσουν με ασφάλεια απέναντι. Να σιγουρευτεί ότι δεν θα αναποδογύριζαν οι βάρκες, ότι δεν θα πνιγόταν κανείς.

"Έρχομαι μαζί σου" είπε ο Ναμπίλ αποφασιστικά. "Φύγαμε μαζί από το Σαρούτζ, θα είμαστε ασφαλείς μαζί".

Ο Ammuh κούνησε το κεφάλι του. Είναι πολύ επικίνδυνο. Η επόμενη βάρκα μπορεί επίσης να ανατραπεί".

"Αν με στείλεις πίσω, αυτοί που πήραν τον Γουαχίντ μπορεί να έρθουν για μένα".

"Πρέπει να πάρουμε αυτό το ρίσκο."

"Θα πάρουμε το άλλο ρίσκο. Το ρίσκο να επιβιώσουμε από τη βάρκα."

"Αν κάτι πάει στραβά, τι θα πω στον πατέρα σου;"

Ο Ναμπίλ τον κοίταξε κατάματα. "Αν κάτι πάει στραβά, ούτε εσύ ούτε εγώ θα χρειαστεί να αντιμετωπίσουμε τον Μπόουα. Σε περίπτωση που η βάρκα ανατραπεί, εμείς, και οι δύο θα κολυμπήσουμε".

Ο επαναστάτης

Το κατακόκκινο κραγιόν ήταν η πρόκληση της Dariya ενάντια στην αναγκαστική κάλυψη κάτω από το μισητό χιτζάμπ. Έφευγε από το σπίτι με το μαύρο ένδυμα για να διατηρήσει την ειρήνη με τον πατέρα της, αλλά μόλις έφευγε από τη γειτονιά τους το χιτζάμπ έβγαινε και αποκάλυπτε το πρόσωπό της και τα κομψά της ρούχα. Σήμερα, αν και μετακόμιζε μακριά από το χωριό τους, δεν θα έπαιρνε τέτοιο ρίσκο.

Σε αντίθεση με τον πατέρα της ήταν μορφωμένη, με μεταπτυχιακό στην αρχαία ισλαμική τέχνη. Ο μεγαλύτερος αδελφός του πατέρα της, ο οποίος είχε εργαστεί σε μια αμερικανική εταιρεία κατά τη διάρκεια της κατοχής, είχε επιμείνει ότι η Ashkan έπρεπε να την αφήσει να σπουδάσει. Πέρασε τέσσερα χρόνια στην Καμπούλ στο σπίτι του μέχρι να αποφοιτήσει. Αλλά μόλις οι Αμερικανοί εγκατέλειψαν το Αφγανιστάν, ο πατέρας της την διέταξε να επιστρέψει στην AbBand.

Η Dariya ήθελε να μείνει στην Καμπούλ, να συμμετάσχει στις διαδηλώσεις κατά της νέας κυβέρνησης. Ο Ashkan δεν ήθελε τίποτα από αυτά, υποστηρίζοντας ότι τα κορίτσια δεν πρέπει να διαμαρτύρονται, να αφήνουν τις αρχές να κάνουν τη δουλειά τους, να μένουν μακριά από μπελάδες. Αυτή τη φορά ο θείος της δεν την υποστήριξε. Δεν μπορούσε να αναλάβει την ευθύνη για την ασφάλειά της σε ταραγμένους καιρούς.

Η Ντάρια δεν έκανε καμία προσπάθεια να ενταχθεί στη ζωή του χωριού. Το μυαλό της είχε επεκταθεί. Αδύνατον να συρρικνωθεί. Με το πρόσχημα των μαθημάτων μαγειρικής, άρχισε να οργανώνει μυστικές συναντήσεις γυναικών, ενθαρρύνοντάς τες να διαβάζουν βιβλία, να συζητούν σύγχρονα γεγονότα. Θα παρέλειπε τη σημερινή συνάντηση.

Πήρε μια βαθιά ανάσα καθώς βγήκε από το δωμάτιό της και βρήκε τη μητέρα της, που έδειχνε αδύναμη και ανήσυχη, ξαπλωμένη πάνω σε μαξιλάρια και μαξιλάρια στο μεγάλο τετράγωνο στρώμα του δαπέδου. Η παρόρμησή της ήταν να τρέξει προς τα πάνω, να αγκαλιαστεί στο πλούσιο στήθος της, όπως είχε κάνει όταν ήταν μικρό κορίτσι. Συγκρατήθηκε. Δεν ήταν ώρα για συναισθήματα. Έπρεπε να είναι δυνατή. Αναγκάζοντας τον εαυτό της να χαμογελάσει, κατέβηκε δίπλα στη μητέρα της.

Η Σουλτάνα έπιασε το χέρι της κόρης της κοιτάζοντας την αδύναμη. "Είσαι σίγουρη ότι πρέπει να το κάνουμε αυτό;" ρώτησε με σφιγμένη φωνή.

"Εκατό τοις εκατό σίγουρη".

"Εγώ... δεν έχω πάει ποτέ κόντρα στον πατέρα σου .... Θέλει να περιμένω...." η φωνή της μητέρας της ήταν τρεμάμενη.

"Δεν θα χάσουμε άλλο χρόνο".

Πιάνοντας το χέρι της μητέρας της, η Ντάρια τη βοήθησε να σηκωθεί. Και οι δύο γυναίκες πέρασαν με μια χτένα από τα μακριά μαύρα μαλλιά, έβαλαν σταγόνες κολώνιας στους λοβούς των αυτιών, στους καρπούς και στα μαντήλια και μετά γλίστρησαν στα μαύρα από την κορυφή ως τα νύχια. Ο ναργιλέ του πατέρα της στεκόταν παγωμένος στο πλάι. Κανείς δεν τον είχε τροφοδοτήσει με φρέσκο κάρβουνο μετά τη χθεσινή διαφωνία. Οι διαφωνίες μεταξύ πατέρα και κόρης ήταν συχνές. Αυτή τη φορά η Ντάρια ήταν αποφασισμένη να μην πτοηθεί.

Απαλά αλλά σταθερά, η Ντάρια οδήγησε τη μητέρα της έξω από το σπίτι στο καυτό φως του ήλιου. Ο σκονισμένος δρόμος είχε λίγα μονώροφα σπίτια στη μια πλευρά και από την άλλη γκρίζα άμμο που έφτανε μέχρι τη βάση ενός βουνού. Ένας μοναχικός ποδηλάτης περνούσε, με πράσινα φύλλα να κρέμονται από το αχυρένιο καλάθι που είχε κρεμασμένο στο τιμόνι. Ο αυτοκινητόδρομος βρισκόταν μισό χιλιόμετρο μακριά.

Ο πρωινός ήλιος δεν ήταν ακόμα καυτός. Η Σουλτάνα έσφιξε το χέρι της κόρης της για στήριξη. Περπατούσε αργά, με τα μάτια καρφωμένα στο δρόμο για να μην σκοντάψει σε πέτρες. Καθώς ένας αδέσποτος σκύλος με ματ γούνα περνούσε, η Ντάρια τράβηξε τη μητέρα της στην άκρη. Έπρεπε να την προστατεύσει από τα μικρόβια.

Το αριστερό χέρι της Σουλτάνα είχε αρχίσει να πάλλεται. Κάτω από το χιτζάμπ το δεξί της χέρι ήταν διπλωμένο στον αριστερό της ώμο. Το εξόγκωμα στο στήθος της είχε ξεκινήσει ως ένα κόκκινο σημάδι, το οποίο είχε αγνοήσει. Όταν άρχισε να σκληραίνει, το έδειξε στην κόρη της. Η Dariya την πήγε στον οικογενειακό τους γιατρό, ο οποίος της συνέστησε μαγνητική τομογραφία, αλλά το νοσοκομείο του χωριού δεν διέθετε μηχάνημα μαγνητικής τομογραφίας.

Το πλησιέστερο κέντρο μαγνητικής τομογραφίας βρισκόταν στο Ghazni τρεις ώρες μακριά. Θα έπρεπε να πάρουν την άδεια του Ashkan. Η Σουλτάνα το ανέβαλε συνεχώς. Τελικά, όταν άρχισε να βγαίνει υγρό από το στήθος της Sultana, η Dariya πανικοβλήθηκε και την πήγε ξανά στον Dr Rashida. Αυτή τη φορά ο γιατρός πήρε ένα φιαλίδιο με το υγρό και το έστειλε για βιοψία. Η έκθεση - κακοήθης όγκος. Τέρμα τα μυστικά από τον Ashkan. Και η αρχή ενός μίνι πολέμου στο σπίτι.

"Πρέπει να πάω τη Maman στο νοσοκομείο Aliabad στο Ghazni", είπε η Dariya, αφού είπε στον πατέρα της τη διάγνωση.

"Η Δρ Ρασίντα θεραπεύει την οικογένειά μας εδώ και χρόνια. Γιατί να πάμε σε άλλον γιατρό;"

"Ο καρκίνος δεν είναι μια συνηθισμένη ασθένεια, Ντάντο. Η Δρ Ρασίντα δεν έχει τα προσόντα να θεραπεύσει τον καρκίνο. Η ίδια είπε ότι χρειαζόμαστε έναν ειδικό".

"Υπάρχει γυναίκα γιατρός σε αυτό το νοσοκομείο;"

"Υπάρχουν πολύ λίγες γυναίκες γιατροί στη χώρα μας. Καμία που γνωρίζω δεν έχει ειδικευτεί στην ογκολογία! Πρέπει να λάβουμε τη θεραπεία εκεί που είναι διαθέσιμη".

"Περιμένετε λίγες μέρες. Θα βρω μια γυναίκα γιατρό σε ένα άλλο νοσοκομείο".

Τα νέα για τον καρκίνο της γυναίκας του έπληξαν πολύ τον Ashkan. Ήταν ένας παραδοσιακός μουσουλμάνος που έκανε ναμάζ πέντε φορές την ημέρα, βάζοντας την οικογένειά του να κρατάει όλες τις ρόζες. Ήταν άγραφος νόμος ότι οι γυναίκες της οικογένειας έπρεπε να θεραπεύονται από γυναίκα γιατρό. Ο Ashkan ανατρίχιασε στη σκέψη ότι η γυναίκα του θα ξεβρακωνόταν μπροστά σε έναν άνδρα, εκθέτοντας το στήθος της σε αυτόν.

Πέρασαν πολύτιμες μέρες καθώς έκανε μανιώδεις έρευνες για μια γυναίκα ογκολόγο. Η ικεσία του προς τον Παντοδύναμο γινόταν πιο δυνατή, πιο έντονη. Αλλά εκείνος δεν έβλεπε τη λογική. Καπνίζοντας τον ναργιλέ του συνέχισε να μουρμουρίζει προσευχές, ενώ η Dariya προσπαθούσε να τον πείσει να γίνει πρακτικός.

"Εκατοντάδες άνθρωποι πεθαίνουν από καρκίνο. Η μαμά πρέπει να λάβει γρήγορα την κατάλληλη θεραπεία", παρακάλεσε.

"Η ημέρα του θανάτου κάποιου είναι γραμμένη στα ιερά βιβλία. Κανείς δεν μπορεί να αμφισβητήσει τον θάνατο".

"Η επιστήμη της ιατρικής είναι να παρατείνει τη ζωή. Να μειώσει τον πόνο".

"Οι άνθρωποι υποφέρουν και πεθαίνουν ακόμα και όταν πηγαίνουν στους γιατρούς."

"Θέλεις η μητέρα να υποφέρει και να πεθάνει;"

"Η Σουλτάνα είναι η γυναίκα μου. Κανένας άντρας δεν μπορεί να αγγίξει το στήθος της. Εγώ θα αποφασίσω ποιος θα την περιθάλψει."

"Είναι η μητέρα μου. Πρέπει να σώσω τη ζωή της. Παράτα τις παλιές σου πεποιθήσεις Dado! Ο κόσμος αλλάζει."

"Γίνεται χειρότερος μέρα με τη μέρα! Οι κόρες δεν σέβονται τους πατέρες. Δεν έπρεπε ποτέ να σε στείλω στο κολέγιο."

"Αν τα κορίτσια δεν πάνε στο κολέγιο, πώς θα υπάρχουν γυναίκες γιατροί;"

Η λογική της δεν τον άγγιξε. Δεν ήθελε, δεν μπορούσε να δώσει τη συγκατάθεσή του στο να εξετάσει ένας άλλος άντρας το στήθος της γυναίκας του. Σε απόγνωση η Dariya αποφάσισε να πάρει τη Sultana στην Ghazni χωρίς τη συγκατάθεσή του. Το να συνεχίσει να κυνηγάει μια γυναίκα ογκολόγο ήταν χάσιμο χρόνου.

Η Σουλτάνα βρισκόταν σε δίλημμα. Ήταν μια παραδοσιακή σύζυγος, που ακολουθούσε τις επιθυμίες του συζύγου της. Όμως ο πόνος αυξανόταν και το υγρό έβγαινε. Ήταν μόλις πενήντα επτά ετών. Φοβόταν τον πόνο, φοβόταν τον θάνατο. Η κόρη της πρόσφερε ανακούφιση. Η κόρη της ήταν μορφωμένη. Την εμπιστευόταν.

Την επόμενη μέρα περίμεναν μέχρι ο Ashkan να πάει στο masjid. Θα έλειπε για τουλάχιστον μια ώρα. Αρκετός χρόνος για την Dariya και τη Sultana να φύγουν. Θα ήταν ριψοκίνδυνο να ταξιδέψουν χωρίς ανδρική συνοδεία. Αλλά δεν υπήρχε άλλη επιλογή. Δεν ήταν ώρα για την Dariya να διεκδικήσει την ανεξαρτησία της. Για τη Σουλτάνα ήταν αχαρακτήριστη πρόκληση. Να ταξιδέψει χωρίς συνοδεία για να δει έναν άνδρα γιατρό ενάντια στις επιθυμίες του συζύγου της.

Ο αυτοκινητόδρομος διέσχιζε την κοιλάδα, μια λεπτή λευκή κορδέλα, που έλαμπε στο πρωινό φως του ήλιου.

Δύο μεγάλα φορτηγά έτρεχαν το ένα προς το άλλο σε αντίθετες κατευθύνσεις. Κανένα άλλο όχημα δεν ήταν ορατό. Η Dariya και η Sultana στέκονταν στην άκρη του δρόμου περιμένοντας το λεωφορείο που θα έπρεπε να είχε φτάσει εδώ και λίγα λεπτά. Μοτοσικλέτες περνούσαν, μετά ένα αυτοκίνητο χωρίς πινακίδες.

Επιτέλους, ένα λεωφορείο ήρθε γεμάτο όπως πάντα. Η Dariya βοήθησε τη Sultana να ανέβει στο λεωφορείο, ανακουφισμένη από το γεγονός ότι τρεις γυναίκες βρίσκονταν ήδη στο λεωφορείο. Μόνο μία θέση ήταν κενή πίσω από έναν άνδρα με βαμμένα με χέννα μαλλιά και γένια. Ένα μικρό παιδί ήταν απλωμένο στην αγκαλιά του και στην αγκαλιά της γυναίκας του. Υφασμάτινες και ρεξινικές τσάντες ήταν στοιβαγμένες σε ένα στενό ράφι πάνω από το κεφάλι. Η Ντάρια κρατούσε έναν ιμάντα κρεμασμένο από μια ράβδο για να κρατήσει την ισορροπία της. Έπρεπε να μείνει όρθια μέχρι το επόμενο χωριό όπου κατέβηκαν τρεις γεροδεμένοι άντρες.

Ήταν μια ανώμαλη διαδρομή σε έναν κακοτράχαλο δρόμο που είχε τρυπηθεί από εκρήξεις χειροβομβίδων με τα χρόνια. Το υπερφορτωμένο λεωφορείο έτριζε με ρυθμό σαλιγκαριού. Η Σουλτάνα αναστενάζει από πόνο καθώς το κάθισμα αναπηδούσε σε κάθε χτύπημα. Ο παλμός στο στήθος της έγινε έντονος. Έκλεισε τα μάτια της χάνοντας τη θέα του περίτεχνου τάφου του Μαχμούτ του Γκάζνι, ενός ισχυρού ηγεμόνα που είχε χτίσει μια αυτοκρατορία τον δέκατο αιώνα.

Η Dariya μόλις και μετά βίας μπόρεσε να συγκρατήσει τον ενθουσιασμό της καθώς οι στρογγυλοί πύργοι της ακρόπολης του Ghazni, ήρθαν στο προσκήνιο. Είχε επισκεφθεί συχνά το Μουσείο Ισλαμικής Τέχνης της Rawza στην περιτειχισμένη πόλη, ερευνώντας τη διατριβή της για τον πίνακα του δωδέκατου αιώνα στο Γκάζνι. Το εξαίσιο λευκό μάρμαρο με τα πλεγμένα αμπέλια και τα αραβουργήματα από το παλάτι του σουλτάνου Μασούντ είχε κλαπεί από το Μουσείο της Ράουζα. Μετά από αρκετά χρόνια είχε καταλήξει σε μια ευρωπαϊκή δημοπρασία όπου πωλήθηκε για 50.000 δολάρια.

Τα μάτια της θόλωσαν καθώς θυμήθηκε τη σπάνια επιδοκιμασία του πατέρα της όταν είπε στους γονείς της ότι μετά από μακρές διαπραγματεύσεις ο πίνακας του Γκάζνι είχε επιστραφεί στο Αφγανιστάν από το Museum fur Kunst und Gewerbe του Αμβούργου. Ήταν η μόνη φορά που έβλεπε αξία στην εκπαίδευση της κόρης του, καθώς έλεγε στο χωριό πώς η δουλειά της κόρης του βοήθησε να επιστρέψει ένα πολύτιμο κομμάτι της ιστορίας του Αφγανιστάν.

Το λεωφορείο έκανε μια παράκαμψη γύρω από τρεις από τους τριάντα δύο πύργους της ακρόπολης του Γκάζνι, οι μισοί από τους οποίους είχαν καταρρεύσει, πριν εισέλθει στην πόλη. Μια καμήλα στεκόταν μασουλώντας φύλλα από έναν φοίνικα μπροστά από έναν σκονισμένο πάγκο με τσάι, όπου μισή ντουζίνα άντρες συνομιλούσαν με καρπούς. Άρωμα τζίντζερ και κανέλας αναδύθηκε. Προσπέρασαν έναν τοίχο ντυμένο με αποξηραμένα δέρματα ζώων, πέρασαν από ένα μαυσωλείο και μπήκαν σε έναν πολυσύχναστο δρόμο-παζάρι. Το νοσοκομείο Aliabad με τους επιβλητικούς πυλώνες του ήταν ακριβώς μπροστά τους.

Η ανησυχία της Σουλτάνα αναδύθηκε καθώς μπήκαν στο νοσοκομείο. "Θα πρέπει να βγάλω......... τα πάντα;" ρώτησε με αγωνία.

"Θα γίνει επαγγελματικά, mamani. Μην ανησυχείς", απάντησε η Dariya οδηγώντας τη μητέρα της σε μια αναπαυτική καρέκλα, ενώ έδειχνε τον φάκελο σε μια γυναίκα πίσω από τον πάγκο υποδοχής. Αν και ένα μαντήλι κάλυπτε τα μαλλιά της, το πρόσωπο της γυναίκας ήταν ανοιχτό. Μια άλλη γυναίκα σκυμμένη πάνω από μια σκούπα που σκούπιζε το πάτωμα ήταν εντελώς καλυμμένη στα μαύρα, παρά το χιτζάμπ που την εμπόδιζε στη δουλειά της.

Μια νοσοκόμα έκανε νόημα στη Σουλτάνα να μπει σε ένα μικρό δωμάτιο που έμοιαζε με θάλαμο, όπου της έδωσε μια χειρουργική ρόμπα. Και πάλι η Σουλτάνα ρώτησε: "Πρέπει εγώ.... να... βγάλω τα πάντα;".

Η νοσοκόμα φάνηκε να έχει συνηθίσει την ερώτηση. "Θα σας καλύψω εγώ. Ο γιατρός θα δει μόνο ό,τι χρειάζεται να δει. Φορέστε αυτή τη ρόμπα και πατήστε το κουδούνι".

Η Σουλτάνα γλίστρησε μέσα στην πράσινη νοσοκομειακή ρόμπα και ξάπλωσε στο στενό κρεβάτι, αναπνέοντας σφιγμένα, αναρωτώμενη αν θα μπορούσε να καλύψει το πρόσωπό της, να κρύψει την ταυτότητά της από τον γιατρό. Αλλά η νοσοκόμα είχε φύγει.

Επιτέλους, η νοσοκόμα επέστρεψε, άνοιξε τα κορδόνια της ρόμπας. Σκέπασε τη Σουλτάνα με ένα λευκό σεντόνι αφήνοντας στρατηγικά μια τετράγωνη σχισμή ανοιχτή. Καθώς έλεγχε τη θερμοκρασία, την αρτηριακή πίεση, τους σφυγμούς, τα επίπεδα οξυγόνου, η Σουλτάνα ρωτούσε συνεχώς: "Τι θα κάνει ο γιατρός; Θα πονέσει; Πόση ώρα θα πάρει; Πρέπει να προλάβουμε το λεωφορείο στις 3 η ώρα". Τελικά, η νοσοκόμα κατάφερε να ξεφύγει. Η Dariya μπορούσε να την ακούσει να ενημερώνει τον γιατρό στο διπλανό δωμάτιο.

Με τη μητέρα της επιτέλους υπό τη φροντίδα επαγγελματιών η αγωνία της Ντάρια σχημάτισε λέξεις στο κεφάλι της. Πόσο είχε εξαπλωθεί ο καρκίνος; Θα μπορούσε να αναχαιτιστεί; Πόσο επώδυνο θα γινόταν; Θα επιβίωνε η μητέρα της; Ήλπιζε ότι δεν είχαν φτάσει για θεραπεία πολύ αργά.

Ο Δρ Χαν, ένας γκριζομάλλης άντρας με χοντρά γυαλιά και μυτερό γαλλικό μούσι, μπήκε με χαμόγελο και τοποθέτησε το στηθοσκόπιό του στο μέτωπο της Σουλτάνα. "Ανησυχείτε πάρα πολύ. Ο εγκέφαλός σου ζεσταίνεται", είπε παιχνιδιάρικα χαϊδεύοντάς την στο μάγουλο. Συνέχισε να κουβεντιάζει φιλικά καθώς έψαχνε τον φάκελο και τις εκθέσεις βιοψίας της. Μέχρι τη στιγμή που άρχισε να εξετάζει τον όγκο στο στήθος της είχε χαλαρώσει. Το πρόσωπό του έγινε βλοσυρό.

Η Ντάρια δεν είχε μάτια για το εντυπωσιακό ηλιοβασίλεμα που χρωματίζει το χιόνι χρυσό στην κορυφή του βουνού. Η αγωνία για τη μητέρα της επισκιάστηκε από μια πιο άμεση αγωνία. Πώς να ανακοινώσει τα νέα στον πατέρα της. Θα ήταν έξαλλος που είχαν πάει στο Γκάζνι χωρίς την άδειά του. Το να κερδίσει την υποστήριξή του ήταν ζωτικής σημασίας. Η μαμά δεν θα συμφωνούσε ποτέ σε θεραπεία χωρίς τη συγκατάθεσή του.

Ο Ashkan ρουφούσε τον ναργιλέ του καθώς έμπαιναν. Τα αιματοβαμμένα μάτια του κοίταζαν επίμονα το δίδυμο μητέρας-κόρης. "Τι είπε ο γιατρός;" γαύγισε. "Δεν είμαι ανόητος. Ξέρω ότι πήγατε στο Γκάζνι. Γυναίκες που ταξιδεύουν μόνες τους! Δεν σας συνέλαβε κανείς;"

Η Dariya είχε κάνει την εργασία της. "Ο κανόνας Μαχράμ λέει ότι οι γυναίκες πρέπει να συνοδεύονται αν ταξιδεύουν πάνω από εβδομήντα οκτώ χιλιόμετρα. Το Γκάζνι είναι λιγότερο από αυτό".

Ο Ασκάν φαινόταν να μην την έχει ακούσει. "Λοιπόν, τι είπε ο γιατρός;" γαύγισε ξανά.

Ντάρια. Αποφάσισε να του το πει στα ίσια. "Ο καρκίνος έχει φτάσει στο δεύτερο στάδιο. Χρειάζεται μαστεκτομή".

"Δηλαδή;"

"Το στήθος της πρέπει να αφαιρεθεί".

"Θα επιβιώσει;"

"Αν γίνει σύντομα. Θα χρειαστεί ακτινοβολία μετά το χειρουργείο για να μην επανεμφανιστεί ο καρκίνος".

"Ο γιατρός ήταν γέρος, όπως ο πατέρας μου", παρενέβη η Σουλτάνα, ελπίζοντας να τον κατευνάσει.

"Ακόμα και ο δικός σου πατέρας περίμενε έξω όταν τάιζες τα μωρά μας!" βροντοφώναξε, καθάρισε το λαιμό του και σημάδεψε το σπιτούνι.

"Πρέπει να δώσουμε στη μαμά την κατάλληλη θεραπεία γρήγορα, Ντάντο. Πρόκειται για μια κατάσταση ζωής και θανάτου"

"Και να μάθει όλο το χωριό ότι το στήθος της γυναίκας μου το χειρίστηκε άλλος άντρας! Όλες οι γυναίκες στο χωριό μας πηγαίνουν στον Δρ Ρασίντα".

Η κούραση και το άγχος είχαν πάρει το φόρο τους. Η Dariya δεν μπορούσε πλέον να τα συγκρατήσει όλα. "Δεν έχουν καρκίνο!" φώναξε. "Ο καρκίνος είναι δολοφόνος!"

"Καρκίνος, καρκίνος, καρκίνος, καρκίνος...! Όλοι πρέπει να πεθάνουν μια μέρα..."

"Τι είναι αυτά που λες πατέρα!"

"Φύγε από το δωμάτιο! Αφήστε με ήσυχο με τη γυναίκα μου!"

Η Ντάρια κοίταξε από τη μητέρα της στον πατέρα της και πάλι πίσω. Η μητέρα της ένεψε διστακτικά. Απρόθυμα άφησε τους γονείς της μόνους τους, γνωρίζοντας ότι η Σουλτάνα θα έβγαινε έξω μανιασμένη. "Κλείσε την πόρτα!" φώναξε ο πατέρας της.

Στάθηκε έξω, με το αυτί της πιεσμένο στην πόρτα, προσπαθώντας να βγάλει νόημα από τα μουρμουρητά τους. Ο Ασκάν μιλούσε επιθετικά ανάμεσα σε κρίσεις βήχα. Η Σουλτάνα έκλαιγε. Τα λόγια τους ήταν ασαφή, εκτός από το όνομά της, το οποίο επανερχόταν ξανά και ξανά. Τελικά, την κάλεσαν μέσα.

"Σε στέλνω πίσω στην Καμπούλ αύριο. Ο αδελφός μου σε περιμένει. Το πανεπιστήμιο είναι κλειστό, αλλά μπορείς να μείνεις μαζί του".

Η Ντάρια δεν πίστευε στα αυτιά της. "Τι είναι αυτά που λες!"

"Πάντα ήθελες να επιστρέψεις στην Καμπούλ. Πήγαινε λοιπόν. Δεν θα σε σταματήσω άλλο".

"Και η μαμά;"

"Είναι η γυναίκα μου. Θα τη φροντίσω εγώ."

Οι φόβοι της μητέρας

"Γεια σου μαμά", φώναξε ο Larry, χτυπώντας ελαφρά τον ώμο της Macy καθώς έτρεχε προς τους φίλους του στο αυτοκίνητο που περίμενε. Εκείνη στεκόταν με σφιγμένες τις αρθρώσεις στα κάγκελα της βεράντας, με τα μάτια καρφωμένα στο αυτοκίνητο μέχρι που έστριψε στη γωνία και δεν ήταν πια ορατό. Με το κάτω χείλος να τρέμει, μπήκε μέσα για πρωινό.

Ο Τζέφρι μασούσε τοστ με την ομελέτα του, απορροφημένος στις οικονομικές σελίδες της Washington Post. Αρωματικά λευκά κρίνα στέκονταν στο κέντρο του τραπεζιού που ήταν στρωμένο με διάφορα φρούτα και κομπόστες, κορνφλέικς, τυρί και ένα πιάτο γεμάτο με τραγανά τοστ. Από την καφετιέρα έβγαιναν γουργουρητά, μοσχομυριστά αρώματα που ξεπερνούσαν τα κρίνα.

"Κανένα άσχημο νέο σήμερα", ρώτησε, βάζοντας καφέ και παίρνοντας μια μπλε και άσπρη καρό σερβιέτα.

Ο Τζέφρι κατέβασε την εφημερίδα, εξετάζοντας τη γυναίκα του με μια σαστισμένη έκφραση. Του άρεσε να την πειράζει, να ξεκινάει έναν αγώνα με ατάκες και αντιφάσεις. "Το χρηματιστήριο είναι πεσμένο, ο πόλεμος στην Ουκρανία φαίνεται να πηγαίνει με το μέρος της Ρωσίας, οι πρόσφυγες συρρέουν στο....."

"Δεν ενδιαφέρομαι για τις παγκόσμιες ειδήσεις!" ξεσπάθωσε. "Ξέρετε για τι ρωτάω! Έγιναν πυροβολισμοί;"

Απογοητευμένος που δεν ανταποκρίθηκε στο δόλωμά του, κούνησε το κεφάλι του: "Τίποτα στα σχολεία, τίποτα στα σούπερ μάρκετ, στα θέατρα. Χθες φαίνεται ότι ήταν μια ήρεμη μέρα".

"Δόξα τω Θεώ", αναστέναξε, παίρνοντας ένα τοστ, απλώνοντας πάνω του λεπτές στρώσεις βουτύρου και μαρμελάδας πορτοκάλι. Είχε αρχίσει να φοβάται να ανοίξει μια εφημερίδα. Σχεδόν κάθε μέρα τα πρωτοσέλιδα έγραφαν για κάποιο πιστολίδι σε κάποια πόλη. Στην αρχή ήταν απλώς σοκαριστικές ειδήσεις, αλλά μετά την ανταλλαγή πυροβολισμών σε γειτονικό σχολείο την περασμένη εβδομάδα, όπου σκοτώθηκαν τρία νήπια και τραυματίστηκαν άλλα, η Μέισι είχε γίνει ένα κουβάρι από νεύρα.

"Μακάρι να έβαζες τον Λάρι να κάνει το σχολείο online, Τζέφρι. Στο σπίτι θα είναι ασφαλής", παρακάλεσε.

"Θα τρελαθεί αν μείνει μέσα στο σπίτι! Και θα μας τρελάνει κι εμάς! Θυμάσαι πόσο δύσκολο ήταν κατά τη διάρκεια του κλειδώματος;" απάντησε ο σύζυγός της. "Εξάλλου είναι στην ομάδα μπέιζμπολ του σχολείου. Σκέψου την αυτοπεποίθηση που του δίνει αυτό. Πόσο καλά θα φαίνεται στο βιογραφικό του όταν θα κάνει αίτηση για το πανεπιστήμιο".

"Αν μείνει ζωντανός", έκοψε το νήμα η Μέισι. Ανακάτεψε νωχελικά τον καφέ της χωρίς να αγγίξει το βάζο με τα κορνφλέικς. Μια μεμβράνη κρέμας είχε σχηματιστεί πάνω από το γάλα. Το αυγό της είχε κρυώσει. "Οι Αμερικανοί έχουν τρελαθεί", είπε μετά από μια παύση. "Φανταστείτε να πυροβολούν σε ένα νεκροταφείο! Αυτή η επιδημία των πυροβολισμών κατακλύζει τα πάντα".

"Πίσω στις μέρες της Άγριας Δύσης", αστειεύτηκε ο σύζυγός της για να σωπάσει με ένα βλέμμα. "Πρέπει να ζήσουμε με αυτή την κατάσταση, γλυκιά μου", είπε αλλάζοντας ρότα για να την ηρεμήσει. "Σκέψου την Ουκρανία. Οι άνθρωποι ζουν με τον πόλεμο. Παρά τους βομβαρδισμούς συνεχίζουν τη ζωή τους. Θυμάσαι το βίντεο που είδαμε; Έναν μουσικό που έπαιζε βιολί σε έναν δρόμο γεμάτο με τα συντρίμμια των κτιρίων; Εμείς δεν αντιμετωπίζουμε ούτε το μισό από τον τρόμο που αντιμετωπίζουν εκείνοι".

"Βρισκόμαστε σε ένα διαφορετικό είδος εμπόλεμης ζώνης", αναστέναξε απελπισμένα. "Ξαφνικοί πυροβολισμοί, οπουδήποτε, παντού. Πού μπορούμε να νιώθουμε ασφαλείς;"

"Αν είσαι τόσο σφιγμένη πήγαινε για συμβουλευτική", συμβούλεψε εκείνος.

"Η συμβουλευτική δεν μπορεί να βοηθήσει αν η κατάσταση που προκαλεί το άγχος παραμένει αμετάβλητη".

"Μπορεί να σας ηρεμήσει".

" Οι σκοπευτές είναι αυτοί που χρειάζονται συμβουλευτική, όχι εγώ! Κανείς δεν ξέρει πότε κάποιος θα γίνει ξαφνικά ψυχοπαθής".

Ο Τζέφρι δίπλωσε την εφημερίδα κοιτάζοντάς την κατάματα. "Κοίτα την Ουκρανία, που αντιμετωπίζει μια κατάσταση Δαβίδ και Γολιάθ. Μια μικρή χώρα απέναντι σε μια παγκόσμια δύναμη. Κοιτάξτε την ανθεκτικότητά τους. Θα πρέπει να ενστερνιστούμε την ανθεκτικότητά τους, γλυκιά μου. Αργά ή γρήγορα αυτοί οι πυροβολισμοί θα αποτελέσουν παρελθόν. Και η ζωή θα επιστρέψει στο φυσιολογικό".

Δεν είχε την πολυτέλεια να ξοδέψει περισσότερο χρόνο για να κατευνάσει τη γυναίκα του. Είχε μια συνάντηση με έναν σημαντικό πελάτη. Αποφασιστικά έσπρωξε πίσω την καρέκλα του, πήρε τα κλειδιά του αυτοκινήτου, έδωσε ένα γρήγορο φιλί στο μέτωπο της Μέισι και έφυγε. Καθώς άκουσε το αυτοκίνητο να απομακρύνεται με έναν αχαρακτήριστο θόρυβο, διαισθάνθηκε ότι και εκείνος ήταν ενοχλημένος, παρά το προσωπείο της αδιαφορίας.

Καθάρισε το τραπέζι, έβαλε τα πιάτα στο πλυντήριο πιάτων και μετά έστρωσε το στρώμα της γιόγκα. Η γιόγκα θα βοηθούσε, για λίγο. Ξάπλωσε ξαπλωμένη στο στρώμα, κλείνοντας τα μάτια της. Συγκεντρώσου στην αναπνοή, σήκωσε το δεξί πόδι, μετά το αριστερό, εισέπνευσε, εξέπνευσε..... άδειασε το μυαλό...

Βρισκόταν στην τέταρτη γιόγκικη ασάνα όταν χτύπησε το τηλέφωνο. Κανονικά θα κρατούσε το τηλέφωνό της στο αθόρυβο όταν έκανε γιόγκα, αλλά ο φόβος ότι ανά πάσα στιγμή θα μπορούσε να έρθει ένα επείγον τηλεφώνημα την έκανε να κρατήσει το τηλέφωνο ανοιχτό.

Ήταν η Νίλα, μια μητέρα από το αυτοκίνητο του Λάρι. "Είναι η σειρά σου να πάρεις τα αγόρια, έτσι δεν είναι;" άρχισε η Neela.

"Ακριβώς."

"Μην περιμένεις τον Yash. Δεν τον έχω στείλει στο σχολείο".

"Είναι άρρωστος;"

"Απλά είναι τρομερά τραυματισμένος. Η κόρη της αδελφής μου είναι στο Λύκειο του Ρίτσμοντ, όπου έγινε η ανταλλαγή πυροβολισμών. Δεν τραυματίστηκε αλλά είναι σε τέτοια κατάσταση! Δεν μπορεί να κοιμηθεί, δεν μπορεί να φάει. Συνεχίζει να φαντάζεται παντού κηλίδες αίματος. Ακόμα και στο πάτωμα του σπιτιού της".

"Πόσο τρομερό.... Πόσο χρονών είναι;"

"Δώδεκα."

"Χρειάζεται συμβουλευτική."

"Όλη η οικογένεια επισκέπτεται σύμβουλο. Θα χρειαστούν αιώνες για να το ξεπεράσουμε".

Μια ανατριχίλα διέσχισε τη σπονδυλική στήλη της Μέισι. Δόξα τω Θεώ, αυτό δεν συνέβη στο σχολείο του Λάρι. Γλίτωσε από φρικτές εικόνες.

"Αυτοί οι αναθεματισμένοι σκοπευτές είναι ψυχοπαθείς!" Η Νίλα έλεγε: "Πρέπει να τους κλείσουν μέσα. Πριν ξεσαλώσουν, όχι μετά! Ο Yash είναι τόσο αναστατωμένος βλέποντας την ξαδέρφη του να χάνει τις αισθήσεις της".

"Πρέπει να κρατήσεις τον Yash δυνατό", είπε η Macy. "Πόσο καιρό θα τον κρατήσετε στο σπίτι;"

"Δεν καταλαβαίνεις ότι οι Ινδοαμερικανοί είναι ευάλωτοι. Επειδή είμαστε έγχρωμοι, είμαστε στόχοι. "

"Μην του στερήσεις την εκπαίδευση, Νίλα. Αυτή είναι η πύλη για το μέλλον του".

Η ειρωνεία της έκφρασης των σκέψεων του Τζέφρι δεν ξέφυγε από τη Μέισι. Η Νίλα αντανακλούσε τους δικούς της φόβους. Όπως και η Μέισι, η Νίλα ήξερε ότι το μέλλον του Γιας βρισκόταν στο να πάρει πτυχίο, να κάνει επαφές, να τρίβεται με ανθρώπους που θα αναγνώριζαν το ταλέντο του. "Ο Yash είναι έξυπνος. Μπορεί να μάθει στο διαδίκτυο", είπε τελικά.

Η Macy κατέβασε το τηλέφωνο επιστρέφοντας στη γιόγκα, αλλά το μυαλό της ήταν πολύ γεμάτο για να αδειάσει. Πόσες οικογένειες όπως της Neela έχουν τραυματιστεί, ήρθε η σκέψη καθώς πάλευε να σταθεροποιήσει την αναπνοή της. Πώς ξέρεις αν κάποιος είναι ψυχοπαθής; Πώς τόσοι πολλοί ψυχοπαθείς απέκτησαν όπλα; Πόσα θύματα μπορούν να θεραπεύσουν οι θεραπευτές; Η μία σκέψη μετά την άλλη κολυμπούσε στο κεφάλι της σαν στροβιλιζόμενη δίνη. Έπρεπε να αναζητήσει την ηρεμία, να παραμείνει ισορροπημένη. Σήμερα η γιόγκα δεν βοήθησε.

Η Μέισι τύλιξε το στρώμα γιόγκα και το επέστρεψε στη γωνία του. Πήρε ένα αγγούρι από το ψυγείο, το έκοψε σε ροδέλες και ξάπλωσε στο κρεβάτι της με τις φέτες αγγουριού στα μάτια της. Η δροσιά εισχώρησε μέσα της. Μαζί της ένας βαθμός χαλάρωσης.

Σύντομα έφτασε η ώρα να κάνει ντους και να ντυθεί για τη δουλειά. Ήταν ταμίας σε ένα καφενείο υψηλών προδιαγραφών με πελάτες που έμπαιναν με το σταγονόμετρο κοντά στην ώρα του μεσημεριανού γεύματος. Έπρεπε να φτάσει μέχρι το μεσημέρι. Το γραφείο της ήταν κοντά στην έξοδο. Σκεφτόταν ένα σχέδιο δράσης σε περίπτωση έκτακτης ανάγκης. Θα έσκυβε κάτω από το γραφείο και μετά θα καλούσε σε βοήθεια. Είχε μόλις αγοράσει τρία καινούργια σακάκια με μπροστινές τσέπες για να μπορεί να έχει το κινητό της τηλέφωνο πρόχειρο. Οι αριθμοί έκτακτης ανάγκης - αστυνομία, ασθενοφόρο, νοσοκομείο - είχαν αποθηκευτεί στην οθόνη της. Κάτω από του Τζέφρι και του Λάρι. Επέλεξε ένα μπλε σακάκι, συνδυάζοντάς το με τιρκουάζ σκουλαρίκια και βραχιόλι. Ο καθρέφτης αντανακλούσε μια ελκυστική γυναίκα γύρω στα τριάντα, με ξανθά μαλλιά και μπλε μάτια που την έκαναν τυπική Αμερικανίδα.

Ήταν μια συνηθισμένη μέρα στη δουλειά. Πέρασαν οι τακτικοί εταιρικοί πελάτες, ένα νεαρό ζευγάρι που φαινόταν να έχει το πρώτο του ραντεβού, ένα άλλο ζευγάρι με χαμηλό προϋπολογισμό, που γιόρταζε τα γενέθλια ή την επέτειο. Ο ψηλός μαύρος γιατρός που ερχόταν για μπριζόλες κάθε Τετάρτη. Το μεγάλο τραπέζι στο παράθυρο ήταν κατειλημμένο από επτά γυναίκες που συζητούσαν έντονα για μια διαφημιστική καμπάνια για μια νέα μάρκα πάνες. Η ζωή φυσιολογική όπως θα έπρεπε να είναι.

Μέχρι τις 3 μ.μ. είχε μείνει μόνο το νεαρό ζευγάρι. Δίνοντας εντολή στη σερβιτόρα να κλείσει το καφέ σε μισή ώρα η Μέισι κλείδωσε τα μετρητά στο συρτάρι της και πήρε τα κλειδιά του αυτοκινήτου της, οδηγώντας προς το σχολείο όπου τρία αγόρια περίμεναν κοντά στην πύλη.

"Πού είναι ο Λάρι;"

"Ολοκληρώνει την εργασία του στη φυσική. Θα πρέπει να είναι εδώ σύντομα", απάντησε ο Pradip.

Τα αγόρια τριγυρνούσαν στην αυλή του σχολείου πετώντας μια μπάλα του χάντμπολ μεταξύ τους. Σε λίγα λεπτά ο Larry ήρθε και μπήκε στο μπροστινό κάθισμα δίπλα στη μαμά του. Οι υπόλοιποι ανέβηκαν στο πίσω μέρος.

"Πού είναι ο Yash;" ρώτησε ο Steve.

"Δεν είναι στο σχολείο σήμερα", απάντησε η Macy. "Η οικογένειά του διστάζει να τον στείλει στο σχολείο μετά τους πυροβολισμούς της περασμένης εβδομάδας".

"Ακόμα και η μαμά μου με κράτησε σπίτι για δύο μέρες", είπε ο Στιβ.

"Η μαμά θα με κρατούσε σπίτι για πάντα αν την άφηνα", γέλασε ο Λάρι. "Είχα χρησιμοποιήσει όλες μου τις δυνάμεις πειθούς στον μπαμπά για να με αφήσει να επιστρέψω στο σχολείο".

"Οι μητέρες είναι υπερπροστατευτικές", ειρωνεύτηκε ο Στιβ.

"Η ζωή διέπεται από το πεπρωμένο", διατύπωσε φιλοσοφικά ο Pradip. "Η στιγμή του θανάτου είναι γραμμένη τη στιγμή που γεννιέσαι. Κανείς δεν μπορεί να αλλάξει το πεπρωμένο".

"Ω ναι, μπορείς. Αν δεχόμουν το πεπρωμένο που μου όρισε η μητέρα μου, θα καθόμουν στο σπίτι με μόνο συντροφιά έναν φορητό υπολογιστή. Σωστά μαμά;"

Η Μέισι δάγκωσε τα χείλη της. "Οι γονείς θέλουν τα παιδιά τους να είναι ασφαλή. Όλα τα άλλα είναι δευτερεύοντα".

"Πρέπει να αγωνιστούμε για την ελευθερία", αστειεύτηκε ο Στιβ. "Έδωσα στους γονείς μου ένα τελεσίγραφο. Ή θα πάω σχολείο ή θα σταματήσω να τρώω λαχανικά. Δεν κάθομαι στο σπίτι και βαριέμαι μόνο και μόνο επειδή κάποιος πυροβολήθηκε".

"Στις μέρες μας πρέπει να μάθουμε αυτοάμυνα", είπε ο Φίλιππος, ο ψηλότερος της παρέας με ένα σοκ από σγουρά ξανθά μαλλιά που έπεφταν στο μέτωπό του.

"Εγώ πηγαίνω σε μαθήματα καράτε", είπε ο Pradip.

"Το καράτε είναι άχρηστο αν κάποιος έχει όπλο στην άλλη άκρη του δωματίου!", ειρωνεύτηκε ο Φίλιππος.

"Μαθαίνω να πυροβολώ".

"Σου-σου!"

Όλοι τινάχτηκαν καθώς το αυτοκίνητο γλίστρησε προς το πεζοδρόμιο. Η Μέισι κατάφερε να στρίψει λίγο πριν προσκρούσει σε μια κολόνα φωτισμού. Το πόδι της στο γκάζι έτρεμε. Με το σαγόνι να κρέμεται χαλαρά από το πρόσωπό της ρώτησε: "Πόσο χρονών είσαι, Φιλ;".

"Δεκατέσσερα".

"Είναι παράνομο στην ηλικία σου!"

Το αγόρι σήκωσε αδιάφορα τους ώμους. "Αν οι οπλοφόροι μπορούν να παραβιάζουν τους κανόνες, μπορούμε κι εμείς".

Η Μέισι με δυσκολία πίστευε στα αυτιά της. "Ποιος σου μαθαίνει να πυροβολείς;" ρώτησε.

"Ο μπαμπάς μου."

Η Μέισι ήταν σίγουρη ότι είχε ακούσει λάθος. "Ο μπαμπάς σου;" φώναξε. Η ξανθιά κοτσίδα πετάχτηκε στο μέτωπο του Φίλιπ καθώς εκείνος έγνεψε. "Ο μπαμπάς σου διδάσκει εσένα, ένα δεκατετράχρονο παιδί, να πυροβολεί!" Η φωνή της έφτασε σε κρεσέντο.

Ο Φίλιππος έγνεψε ξανά. "Ο μπαμπάς λέει ότι στις μέρες μας είναι απαραίτητο να μάθεις αυτοάμυνα. Νοιάζεται πραγματικά για μένα".

Το αυτοκίνητο είχε σταματήσει ασθμαίνοντας. Τα δάχτυλα της Μέισι έτρεμαν και άνοιξε αργά τη μίζα. Έφηβος και όπλο. Μεθυστικό κοκτέιλ. Ευμετάβλητο. Πιο τρομακτικό από τρομακτικό.

Άλλο ένα σωρό ερωτήματα άρχισαν να πλημμυρίζουν το μυαλό της. Δεν μπορούσε να τα αντιμετωπίσει τώρα. Έπρεπε να φτάσει τα αγόρια στο σπίτι με ασφάλεια.

Το πώς θα τα κρατούσε ασφαλή και λογικά έθετε πολλά ακόμη ερωτήματα.

Κληρονομιά

Μόνο μια τρίαινα έφτανε μέχρι τον ουρανό, ενώ το κομψό άγαλμα του Ποσειδώνα ήταν περιτυλιγμένο με πυρίμαχο πλαστικό. Ένας άνδρας με σκούρο παλτό στεκόταν σε μια σκάλα που στηριζόταν στο κεφάλι του Ποσειδώνα, σφίγγοντας το σχοινί γύρω του. Άλλοι δύο άνδρες σφράγιζαν τις γωνίες που χτυπούσαν με κίτρινη κολλητική ταινία. Κατά ειρωνικό τρόπο ο Ποσειδώνας, ο ρωμαϊκός θεός της θάλασσας, χρειαζόταν προστασία από τους ανθρώπους.

Καθώς ο Ντίμτρος τους παρακολουθούσε να διασώζουν μια εικόνα του Λβιβ, οι σκέψεις του πήγαν στο Χάρκοβο, όπου ο Σωκράτης της Ουκρανίας, ο Χρουχόρι Σκοβόροντα, έμεινε επίσης όρθιος όταν το μουσείο που φιλοξενούσε το άγαλμά του μετατράπηκε σε ερείπια. Οι ιδέες στέκονται όρθιες ακόμη και όταν τα κτίρια καταστρέφονται, σκέφτηκε ο Dymtrus.

Σε όλη την Ουκρανία τα μνημεία τυλίγονταν με αφρό και πλαστικό ή οχυρώνονταν με σακιά άμμου. Φαντάσματα ντυμένα στα λευκά, στέκονταν απόκοσμα φρουροί πάνω από βομβαρδισμένα κτίρια. Αυθόρμητα ο Dymtrus έβγαλε το βιολί του, πέρασε το δοξάρι ελαφρά πάνω από τις χορδές, παίζοντας το Carol of the Bells. Ήταν ο χαιρετισμός του προς τους εργάτες αποκατάστασης, το δημοφιλές λαϊκό τραγούδι που τους ευχόταν καλή υγεία.

Ο άντρας στη σκάλα γύρισε προς τον Dymtrus με ένα μπράβο προς τα πάνω. Οι υπόλοιποι λικνίστηκαν στο ρυθμό με εκτίμηση. Ο Dymtrus θυμήθηκε πώς η ουκρανική μουσική διατηρήθηκε ζωντανή στα χωριά κατά τη διάρκεια της σοβιετικής κατοχής. Άλλαξε σε ένα Kobzari, τη μουσική των τυφλών πλανόδιων μουσικών που είχαν σκοτωθεί στη γενοκτονία του Στάλιν.

Ο Dymtrus ήταν βιολονίστας της Συμφωνικής Ορχήστρας του Lviv. Του άρεσε να συμμετέχει στους μουσικούς που έπαιζαν extempore στην πλατεία Αγοράς με τα όμορφα, μπαρόκ κτίρια. Τα ψηλά γλυπτά του Ποσειδώνα, της Αμφιτρίτης, της Νταϊάνας και του Άδωνη δέσποζαν στις τέσσερις γωνίες της πλατείας, που κοσμούνταν από σιντριβάνια, καθιστώντας την μνημείο παγκόσμιας κληρονομιάς της UNESCO.

Ήταν αγαπημένο στέκι των πολιτών. Στις γιορτές τα ζευγάρια χόρευαν κάτω από τα μάτια των αρχαίων θεών. Ο Δύμτρος άφηνε το βιολί του για να χορέψει με την Χριστίνα, ενώ ο μικρός Νικολάος τους μιμούνταν με παραπαίοντα βήματα. Παράξενο να παίζει, σε μια σχεδόν άδεια πλατεία Αγοράς.

Είχε στείλει τη γυναίκα του και το γιο του σε ασφαλές μέρος με ένα λεωφορείο υπερφορτωμένο με γυναίκες, παιδιά και ηλικιωμένους. Η Χριστίνα δεν ήθελε να φύγει από το Δίμτρος, αλλά ο Νικολάος έπρεπε να προστατευτεί. Αφού έφυγαν, προσφέρθηκε εθελοντικά σε μια μονάδα πολιτών και έλαβε σύντομη εκπαίδευση στην άμυνα των πολιτών. Όταν βομβαρδίστηκε ένα νοσοκομείο, στάλθηκαν να εκκενώσουν τους τραυματίες.

Φωτεινά κίτρινα λουλούδια άνθισαν σε έναν θάμνο έξω από το νοσοκομείο. Μπαίνοντας, αντίκρισαν σωρούς από συντρίμμια - σπασμένους τοίχους, ραγισμένα τραπέζια, αναποδογυρισμένα κρεβάτια, παγιδευμένους ανθρώπους να κλαψουρίζουν κάτω από θραύσματα γυαλιού και σπασμένα ξύλα. Ήταν εφιαλτικά. Μια επίθεση στην αισθητική του αίσθηση. Ένιωθε ναυτία, πατώντας πάνω σε λίμνες αίματος, συναντώντας σάρκα σε εκτεθειμένα οστά. Με το ζόρι συγκρατούσε τον εμετό. Πρόχειρα κατάφερε να απεγκλωβίσει ένα αναίσθητο παιδί από ένα σπασμένο κρεβάτι και να το βγάλει από τη συμπλοκή. Μετά κατέρρευσε. Παρά την επιθυμία του να συμβάλει στην πολεμική προσπάθεια, δεν μπορούσε να το ξανακάνει αυτό.

Για τρεις ημέρες το σώμα του βασανιζόταν από πυρετό. Το σπίτι ένιωθε άδειο χωρίς την Κριστίνα. Ο ύπνος τον εγκατέλειψε. Η δυσωδία του αίματος κόλλησε στα ρουθούνια του. Η εικόνα της σάρκας που κρέμεται από έναν μηρό χαράχτηκε στο μάτι του μυαλού του. Ανήσυχος περπατούσε στα δωμάτια, εξετάζοντας τα τηγάνια χωρίς όρεξη. Φρικτές εικόνες έτρεχαν στο μυαλό του με την τρομακτική σκέψη - θα είχε την ίδια μοίρα;

Ένιωθε δειλία να κάθεται στο σπίτι του. Ο πατριωτισμός απαιτούσε να κάνει το καθήκον του, να βοηθήσει να μεταφερθούν οι τραυματίες στο πρόχειρο νοσοκομείο σε μια αυλή σχολείου. Αλλά τα πόδια του δεν κουνιόντουσαν. Γεμάτος ενοχές κοιτούσε τους άδειους τοίχους, λαχταρώντας τη μουσική. Αλλά τι θα σκέφτονταν οι γείτονες αν άρχιζε να παίζει βιολί όταν η χώρα φλεγόταν;

Αφού απομακρύνθηκαν οι τραυματίες και οι νεκροί κηδεύτηκαν όσο πιο αξιοπρεπώς γινόταν, άνοιξε τη θήκη του βιολιού του. Οι καδενισμοί της Ballade d'Ukraine του Λιστ γέμισαν το δωμάτιο. Έκλεισε τα μάτια του αφήνοντας τη μουσική να εισχωρήσει μέσα του. Για ώρες έπαιζε στη μοναξιά του, μουσική που γράφτηκε για την Ουκρανία σε πιο ευτυχισμένους καιρούς - το Κουαρτέτο Ραζουμόφσκι του Μπετόβαν, το Κοντσέρτο του Ραχμάνινοφ. Εκείνη τη νύχτα κοιμήθηκε.

Την επόμενη μέρα βγήκε με το βιολί του, περιπλανώμενος στους άδειους δρόμους προς την πλατεία Αγοράς, σπάζοντας την απόκοσμη σιωπή με τον μουσικό χαιρετισμό του στους εργάτες που προστάτευαν τον Ποσειδώνα. Ένα μικρό φορτηγάκι οδηγούσε προς το Μουσείο Ιστορικών Θησαυρών, του οποίου τα βιτρό παράθυρα είχαν καλυφθεί από προστατευτικές μεταλλικές πλάκες. Στο εσωτερικό άνδρες και γυναίκες έβαζαν σε ξύλινα κιβώτια ανεκτίμητους πίνακες ζωγραφικής, γλυπτά, χειρόγραφα για να τα αποθηκεύσουν στο υπόγειο σε περίπτωση βομβιστικής επίθεσης.

Αφήνοντας το βιολί του σε ένα περβάζι κάτω από το περίτεχνο παράθυρο, ο Dymtrus ενώθηκε με τους συντηρητές. Του έδωσαν λευκά γάντια και του είπαν να αναλάβει τα σπάνια βιβλία, που χρονολογούνταν αιώνες πίσω, με το κιτρινισμένο χαρτί να ξεφλουδίζει. Πολύ απαλά σήκωσε κάθε εύθραυστο κομμάτι της ιστορίας από τη γυάλινη θήκη του, προσέχοντας να μην αφήσει τις σελίδες να ξεκολλήσουν από τη ράχη, και το στοιβάχτηκε όρθιο σε ένα κιβώτιο. Χρειάστηκαν τέσσερις ώρες για να αδειάσει μόνο μια προθήκη, να αποθηκεύσει με ασφάλεια τα βιβλία για τις μελλοντικές γενιές. Ο Dymtrus έβγαλε τα γάντια του νιώθοντας ικανοποιημένος. Η διατήρηση της κληρονομιάς είναι εξίσου σημαντική με τη διάσωση ζωών. Αποφάσισε να επιστρέψει την επόμενη μέρα.

Βγήκε από το Μουσείο θέλοντας να πει στην Κριστίνα ότι επιτέλους έκανε κάτι χρήσιμο. Η μπαταρία του τηλεφώνου του ήταν χαμηλή. Πληκτρολόγησε το όνομά της, με τα μάτια του να θολώνουν καθώς άκουγε τον Νικολάου να φλυαρεί. Αλλά πριν προλάβει να πει στην Κριστίνα για τη δουλειά του στο Μουσείο, η γραμμή έσβησε. Τουλάχιστον τώρα ήξερε ότι ήταν ζωντανός και αρκετά καλά για να τηλεφωνήσει.

Τα βήματά του ήταν γοργά καθώς ξεκινούσε τη βόλτα πίσω στο διαμέρισμά του γνωρίζοντας ότι αισθανόταν πεινασμένος για πρώτη φορά μετά από μέρες. Ένα κατάστημα ήταν ανοιχτό αλλά ελάχιστα χαρτοκιβώτια παρέμεναν στα ράφια. Δεν μπόρεσε να βρει το αγαπημένο του χοιρινό Σάλο και αναγκάστηκε να αρκεστεί στη σούπα τεύτλων Borsche και το Pampushky, το σκορδόψωμο. Ένα αξιοπρεπές γεύμα για μια εμπόλεμη ζώνη, σκέφτηκε καθώς περπατούσε στο σπίτι του κουνώντας τη σακούλα με τα ψώνια στο χέρι. Ξαφνικά μια σειρήνα χτύπησε.

Το πλησιέστερο καταφύγιο ήταν δύο δρόμους μακριά. Ξεκίνησε να τρέχει για να συναντήσει τους πολίτες που έπεφταν μέσα. Μέσα ήταν πιο ήσυχα απ' ό,τι θυμόταν ο

Ντίμτρος τις πρώτες μέρες του πολέμου. Οι τρομαγμένοι άνθρωποι ήταν υστερικοί και έκλαιγαν με λυγμούς. Οι άνθρωποι είχαν γίνει στωικοί, έμπαιναν μέσα με μικρές προσυσκευασμένες τσάντες, εγκαταστάθηκαν.

Πάνω από τη θάλασσα των κεφαλιών, ένα χέρι κουνιόταν. Ο Ντίμτρος τέντωσε το λαιμό του για να αναγνωρίσει το πρόσωπο. Ήταν ο Φέλιξ, ο τρομπετίστας της ορχήστρας. Ο Ντίμτρος χαιρέτησε χαμογελώντας. Μετά σταμάτησε. Ο Φέλιξ ήταν Ρώσος. Τι έκανε εδώ;

Ο Φέλιξ αισθάνθηκε την ανησυχία του, αλλά συνέχισε να κινείται προς τον Ντίμτρος. "Γεια σας" είπε αγνοώντας την καχυποψία στα μάτια του Dymtrus.

"Γεια σου" απάντησε ο Dymtrus επιφυλακτικά.

"Χαίρομαι που σε βλέπω ασφαλή", είπε ο Ρώσος.

"Γιατί είσαι ακόμα εδώ", αναφώνησε ο Dymtrus μη μπορώντας να σταματήσει τον εαυτό του.

Ο Φέλιξ αγνόησε την αγκύλωση. "Γνωρίζετε μουσικούς;" Ο Dymtrus κούνησε το κεφάλι του. "Έχω επαφή με κάποιους. Σκοπεύουμε να παίξουμε τον Εθνικό Ύμνο στην πλατεία Αγοράς την Κυριακή. Θα συμμετάσχεις;"

Τα μάτια του Dymtrus άνοιξαν. Ο Φέλιξ ο Ρώσος δεν είχε επιστρέψει στην πατρίδα του. Η αγάπη του για τη μουσική τον κρατούσε δίπλα στην ορχήστρα και τους φίλους του. Οργάνωνε μάλιστα και μια συναυλία. Πόσο κοντόφθαλμος ήταν ο Dymtrus για να είναι καχύποπτος. Ο Ρώσος απέδειξε ότι η μουσική και η φιλία ξεπερνούν τις εθνικότητες.

Έδωσαν τα χέρια θερμά.

Δύο σπίτια, αλλά άστεγοι

Η γκουάβα είχε ψηλώσει, με τα φρούτα να κρέμονται από τα κλαδιά της όπως και νωρίτερα. Υπήρχαν περισσότερες μικρές, πράσινες γκουάβες από ό,τι ώριμες. Μια κίτρινη γκουάβα βρισκόταν ακριβώς πάνω από το κεφάλι του Κουόλ. Την άρπαξε, με τα μάτια του να θολώνουν καθώς την γύριζε στο χέρι του.

Έσκυψε, άγγιξε το χώμα πάνω στο οποίο φύτρωσε, έτριψε χώμα ανάμεσα στα δάχτυλά του και μετά το άπλωσε ευλαβικά στο μέτωπό του πριν δαγκώσει την πρώτη μπουκιά. Καθώς η πολτώδης υφή γέμιζε το στόμα του, έκλεισε τα μάτια του απολαμβάνοντας τη γεύση.

Δύο μικρά αγόρια τον κοίταζαν με περιέργεια. Σηκώθηκε όρθιος. "Ci we bak" είπε χαιρετώντας τους στη γλώσσα τους. Τα μάτια τους πετάχτηκαν, χασκογέλασαν και έτρεξαν μακριά.

Φορώντας τζιν και ένα μπλουζάκι με το εικονίδιο του Μπρους Λι, ο Κουόλ ήταν ξεκάθαρα ένας παρείσακτος, σε πλήρη αντίθεση με τα γυμνά, ξυπόλητα αγόρια. Τα καφέ γυαλισμένα παπούτσια τόνιζαν τη διαφορά παρά το σκούρο δέρμα του, τα γεμάτα χείλη, τη φαρδιά μύτη και τα κομμένα σπαστά μαλλιά του.

Ο Κουόλ ήταν ευτυχής που έμεινε μόνος του, ανέπνεε τον αέρα της ζούγκλας, απολάμβανε τις αναμνήσεις του. Θυμόταν ξεκάθαρα αυτό το δέντρο, σε μικρή απόσταση από το χωριό του. Ανέβαινε στα αγκαθωτά κλαδιά του, τοποθετούσε τον εαυτό του στο ψηλότερο κλαδί και φανταζόταν ότι ήταν ο βασιλιάς του κόσμου. Ο κόσμος του εκτεινόταν μόνο όσο έβλεπαν τα μάτια του. Πόσο αθώος ήταν! Πόσο μακριά τον είχε πάει το ταξίδι της ζωής! Η απόσταση μετριέται όχι μόνο στο χώρο και το χρόνο, αλλά και στην εμπειρία που βιώνει. Χωρίς τον πόλεμο δεν θα είχε φύγει ποτέ από τα εδάφη των Ντίνκα στο Νότιο Σουδάν, σίγουρα δεν θα μπορούσε να φύγει από την Αφρική. Αφού είδε διαφορετικούς κόσμους, θα μπορούσε να προσαρμοστεί ξανά;

Η ζωή του άλλαξε λίγο μετά την ιεροτελεστία της μετάβασης ξύνοντας το μέτωπό του με τα σημάδια των Ντίνκα που τον ανέδειξαν από αγόρι σε άνδρα. Δεν τον περίμεναν πλέον να αρμέγει αγελάδες, να κάνει θελήματα για τους μεγαλύτερους. Απολαμβάνοντας την ενήλικη ιδιότητά του, περνούσε τις καλοκαιρινές μέρες ψαρεύοντας στο ποτάμι, όταν η οικογένειά του οδηγούσε το κοπάδι με τις κατσίκες τους σε πλούσια βοσκοτόπια σαβάνας γύρω από το ποτάμι. Όταν επέστρεφαν στο χωριό, βοηθούσε στη σπορά και τη συγκομιδή της σοδειάς κεχρί.

Το κομμάτι της γης τους βρισκόταν έξω από το χωριό, δίπλα σε ένα άλσος με φοίνικες, γκουάβα και μάνγκο. Αφού δούλευε στο αγρόκτημα, ο Kuol παρέμενε ανάμεσα στα δέντρα, απολαμβάνοντας τους καρπούς καθώς ωρίμαζαν, φτύνοντας σπόρους για να ριζώσουν.

Μια τέτοια συνηθισμένη μέρα, όταν βρισκόταν στο ψηλότερο κλαδί της γκουάβας, είδε ξαφνικά όλο το χωριό να σπεύδει προς το μέρος του. "Έρχονται στρατιώτες! Τρέξτε! Τρέξτε γρήγορα!" φώναζαν κατευθυνόμενοι προς τον θάμνο. Ακούγονταν πυροβολισμοί που πλησίαζαν. Ο Κουόλ άρπαξε μια γκουάβα, την έχωσε στην τσέπη του, γλίστρησε από το δέντρο και άρχισε να τρέχει. Δεν ήξερε ότι θα περνούσαν είκοσι τρία χρόνια μέχρι να ξαναδεί το χωριό του.

Ο Κουόλ ήταν εύστροφος, μπορούσε να συμβαδίσει με τους χωρικούς. Έτρεχαν και έτρεχαν μέχρι που έφτασαν σε μια απόκρημνη περιοχή με τεράστιους ογκόλιθους πίσω από τους οποίους μπορούσαν να κρυφτούν. Υπήρχαν περίπου τριάντα άτομα, κυρίως αγόρια στην εφηβεία τους, αλλά και μερικά κορίτσια, μεταξύ των οποίων και ένα με ένα μωρό στο στήθος. Ήταν ο νεότερος, που έψαχνε μανιωδώς τους γονείς του "Umee! Umee! Αμπούλ!"

Ένας ψηλός άντρας με σημάδια Ντίνκα τον είχε πλησιάσει. "Θα τους προλάβουν. Οι ηλικιωμένοι δεν μπορούν να τρέξουν γρήγορα".

Μόλις είχαν πάρει ανάσα όταν είδαν καπνό να υψώνεται από το χωριό τους. Οι χωρικοί κοιτούσαν με τρόμο καθώς ο καπνός γινόταν όλο και πιο σκοτεινός και περισσότερες καλύβες έπιαναν φωτιά. Οι μακρινές κραυγές έφτασαν στα αυτιά τους. Η γυναίκα με το μωρό άρχισε να κλαίει. Ο Κουόλ δεν μπορούσε πλέον να συγκρατήσει τα δάκρυά του. Ξάπλωσε στο έδαφος, με το πρόσωπο σκυμμένο στην αγκωνιά του αγκώνα του, και έκλαιγε αθόρυβα.

Είκοσι τρία χρόνια, αλλά η μνήμη ήταν ακόμα τόσο φρέσκια όσο η ροζ γκουάβα στο στόμα του. Αναμνήσεις που τον πλησίαζαν καθώς κοιμόταν στο μαλακό κρεβάτι του στην Αμερική.

Η αμερικανική οικογένειά του ήταν καλή μαζί του, του είχε μάθει αγγλικά, τον είχε στείλει στο σχολείο, στο πανεπιστήμιο. Αλλά η Αμερική δεν ήταν το σπίτι του. Δεν μπορούσε να μιλήσει τη δική του γλώσσα, να φορέσει τα δικά του ρούχα, να φάει το δικό του φαγητό. Είχε συνηθίσει τα μπουρδέλα, τα τζιν, να συζητά με τους συμμαθητές του στην αργκό. Είχε ακόμη και αμερικανικό διαβατήριο. Αλλά πάντα ένιωθε ότι δεν ανήκε εκεί.

Όταν άνοιγε μια βρύση για να καθαρίσει το νερό που αναβλύζει, θυμόταν την αδελφή του Νya, που περπατούσε χιλιόμετρα κατά τη διάρκεια της ξηρής περιόδου μόνο και μόνο για να φέρει πίσω δύο κανάτες με καφέ-γκρι νερό. Αυτό το νερό έπρεπε να μοιραστεί - εν μέρει για το μαγείρεμα, εν μέρει για το πλύσιμο. Η Umee έδινε στα παιδιά της από ένα ποτήρι το πρωί. Τις ζεστές μέρες, όταν η Νya ήταν κουρασμένη από το μακρύ περπάτημα, της έδιναν ένα επιπλέον μισό ποτήρι. Το απεριόριστο νερό ήταν αδιανόητο.

Μασούσε αργά την γκουάβα απολαμβάνοντας κάθε γεύση - τη φλούδα, τη σάρκα, τους τραγανούς σπόρους στο κέντρο. Θα τον αναγνώριζε κανείς στο χωριό μετά από είκοσι τρία χρόνια; Θα υπήρχε κάποιος που θα γνώριζε; Θα μάθαινε νέα για τους γονείς του;

Ο Κουόλ είχε μόνο μια αόριστη ιδέα για το τι σήμαινε ο πόλεμος. Ήξερε ότι Άραβες στρατιώτες επιτίθονταν σε μαύρους Αφρικανούς και έπρεπε να διαφύγουν, αλλά δεν είχε ιδέα γιατί ή πού κατευθύνονταν. Ήταν απλώς ανακουφισμένος που βρισκόταν ανάμεσα σε Ντίνκα του δικού του χωριού. Ήταν το τελευταίο σημείο ασφαλείας του.

Είχαν βαδίσει μέσα από χόρτα σαβάνας ψηλότερα από τους ίδιους, τσιμπώντας από μέλισσες και μύγες, σκύβοντας από φόβο όταν ο βρυχηθμός των οπλών των αλόγων δονούσε το έδαφος. Είχαν βαδίσει μέσα στην έρημο, όπου η καυτή άμμος έκαψε τα γυμνά πόδια. Είχαν παρακάμψει βάλτους που τους τσίμπησαν σκορπιοί και φίδια, οδηγούμενοι από τον ήχο των μακρινών όπλων που πλησίαζαν όλο και πιο κοντά.

Η τροφή ήταν κυρίως μούρα, φρούτα και βρώσιμα φύλλα, αλλά μερικές φορές πεινούσαν για δύο - τρεις ημέρες όταν διέσχιζαν την ατελείωτη έρημο. Η γυναίκα με το μωρό έπεσε νεκρή. Επίσης, δύο αγόρια μεγαλύτερα από τον Kuol. Συχνά ο Kuol έμενε πίσω, με τον πόνο, την πείνα και την κούραση να τον καταβάλλουν.

Τότε ήταν που ο Deng Abut που είχε παρηγορήσει τον Kuol όταν έχασε τους γονείς του, έμενε δίπλα του και τον παρότρυνε να προχωρήσει με μικρά βήματα. "Απλά περπάτα μέχρι εκείνο το δέντρο Kuol. Μπορείς να το κάνεις. Θα ξεκουραστούμε μετά τον μεγάλο βράχο. Διατήρησε το θάρρος σου. Θα βρούμε νερό πίσω από το λόφο". Η ενθάρρυνση του Ντενγκ Αμπούτ τον είχε κρατήσει σε εγρήγορση καθώς η ομάδα τους σταδιακά μειώθηκε από τριάντα σε είκοσι δύο και κατέληξε σε δώδεκα.

Όταν βρέθηκαν στην έρημο, πέντε έφιπποι στρατιώτες τους έφτασαν σε καλπασμό πυροβολώντας επιθετικά στον αέρα. Ένας τρομοκρατημένος Κουόλ κρύφτηκε πίσω από έναν τεράστιο κάκτο σε σχήμα σκαντζόχοιρου. Προσέφεραν τροφή και καταφύγιο σε όποιον ήταν έτοιμος να πολεμήσει στο πλευρό τους. Κανείς δεν ανταποκρίθηκε. Οι στρατιώτες πυροβόλησαν τυχαία έναν άνδρα στο πόδι. Όλοι ούρλιαξαν. Από τον απόλυτο τρόμο δύο άνδρες ανέβηκαν σε άλογα πίσω από τους στρατιώτες και έφυγαν.

Το αίμα πετάχτηκε στην άμμο της ερήμου. Ο τραυματίας δεν μπορούσε πλέον να περπατήσει. Κανείς δεν είχε ένα πανί για να δέσει την πληγή του. Αν έμεναν μαζί του, ο καυτός ήλιος θα τους έψηνε ζωντανούς. Δεν υπήρχε άλλη επιλογή από το να τον αφήσουν και να συνεχίσουν την ατελείωτη αναζήτηση τροφής και νερού για να κρατηθούν ζωντανοί όσο το δυνατόν περισσότερο. Οι θρήνοι του ετοιμοθάνατου άνδρα συνέχισαν να αντηχούν στα αυτιά του Κουόλ πολύ καιρό αφότου δεν ακούγονταν πια.

Ένα απόγευμα είχαν φτάσει σε ένα ποτάμι, έφαγαν ψάρια και εγκαταστάθηκαν για τη νύχτα. Ο Ντενγκ Αμπούτ κάθισε σε έναν βράχο, κρεμώντας τα φουσκάλες στα πόδια του στο δροσερό νερό. Ξαφνικά ο βράχος από κάτω του άρχισε να κινείται και βρέθηκε στη μέση του ποταμού. Βρισκόταν πάνω σε έναν κροκόδειλο! Πανικόβλητος πήδηξε στο νερό για να κολυμπήσει μέχρι την όχθη του ποταμού. Ο Κουόλ ούρλιαξε από τρόμο καθώς τα σαγόνια του κροκόδειλου έσπασαν πάνω στο πόδι του Ντενγκ Αμπούτ. Το ποτάμι έγινε κόκκινο από το αίμα.

Με τον Ντενγκ Αμπούτ νεκρό, ο Κουόλ έχασε το τελευταίο του στήριγμα. Ο αγώνας ήταν πολύ σκληρός, είχε κρατήσει πολύ καιρό, ήταν έτοιμος να τα παρατήσει. Είχε μείνει πίσω την ημέρα που ένα τζιπ με τρεις άνδρες κατευθύνθηκε προς το μέρος τους. Οι δύο είχαν το χρώμα του δέρματός τους, ο ένας ήταν λευκός. Ήταν από έναν καταυλισμό διέλευσης όπου τα παιδιά έπαιρναν φαγητό, ρούχα, στέγη. Όταν απομακρύνθηκαν, ο Κουόλ σκέφτηκε ότι επρόκειτο για άλλη μια οφθαλμαπάτη. Επέστρεψαν την επόμενη μέρα με ένα μίνι βαν που μετέφερε τα κουρελιασμένα παιδιά στον καταυλισμό, όπου ο Kuol έφαγε το πρώτο του ζεστό γεύμα μετά από μήνες σχεδόν πείνας.

Εκεί ανακάλυψε ότι δεν ήταν οι μόνοι νέοι που έτρεχαν σε φυγή. Σχεδόν είκοσι χιλιάδες ορφανά αγόρια και κορίτσια είχαν συνασπιστεί και περιπλανιόντουσαν χωρίς προσανατολισμό σε εκατοντάδες χιλιόμετρα με τίποτα περισσότερο από τα ρούχα που φορούσαν. Τα αποκαλούσαν τα Χαμένα Αγόρια του Σουδάν, ενώ οι διεθνείς οργανισμοί αναζητούσαν τρόπους για την αποκατάστασή τους. Λίγους μήνες μετά την παραμονή του στον καταυλισμό διέλευσης υιοθετήθηκε από την αμερικανική οικογένειά του.

Αν τα κινητά τηλέφωνα και το GPS είχαν εφευρεθεί νωρίτερα, θα είχαμε γλιτώσει αυτή τη δοκιμασία συλλογίστηκε ο Kuol, φτύνοντας το τελευταίο κομμάτι γκουάβα, ξεκινώντας να περπατάει προς την κατεύθυνση του χωριού του. Οι φοίνικες και τα μάνγκο έφταναν ψηλά στον ουρανό. Μακριά στο βάθος μπορούσε να διακρίνει τη συστάδα βράχων πίσω από την οποία είχαν κρυφτεί όταν επιτέθηκαν στο χωριό.

Τα μικρά αγόρια είχαν τρέξει μπροστά για να προειδοποιήσουν τους χωρικούς για έναν ξένο που πλησίαζε. Τέσσερις γυναίκες βάδιζαν προς το μέρος του, με γυμνά στήθη που καλύπτονταν μόνο από παραδοσιακές αλυσίδες από χάντρες και κόκκαλα. Γυμνόστηθες γυναίκες! Η πρώτη οπτική επαφή με τον πολιτισμό του ήταν ένα σοκ.

Ο Κουόλ είχε συνηθίσει να βλέπει γυναίκες με μπικίνι σε πισίνες και παραλίες. Είχε στωικά αποφύγει να συμμετάσχει στους συμμαθητές του που έκαναν άσεμνα σχόλια για "καρπούζια", "μήλα", "τηγανίτες". Ξαφνικά αυτές οι λέξεις ήρθαν στο μυαλό του. Με ενοχές τις έσπρωξε μακριά.

"Ci we bak", είπε χαιρετώντας τις γυναίκες στη γλώσσα τους.

Οι γυναίκες γέλασαν. Με λευκά δόντια που έλαμπαν απάντησαν: "Ci yi bak".

Συνέχισε να μιλάει kudual με μια αμερικανική χροιά. "Είμαι ο γιος του Ντενγκ Αλόρ, ο Κουόλ. Η μητέρα μου ήταν η Άιεν. Δεν με ξέρετε;"

Μια αναπνοή έκπληξης, ένα αλαλούμ φωνών και χειρονομιών. Στη συνέχεια, το πλήθος των γυναικών διαλύθηκε. Η μία έσπευσε να επιστρέψει στο χωριό, ενώ τρεις εξέτασαν το καθαρά ξυρισμένο πρόσωπό του, τα περιποιημένα χέρια του, την υφή του τζιν του, τα γυαλιστερά παπούτσια του. Μια γυναίκα, με μια κατακόκκινη μπαντάνα γύρω από το κεφάλι της, πέρασε ένα χέρι από τα σφιχτά σπαστά μαλλιά του.

"Γιατί ήρθες;" ρώτησε.

Πριν προλάβει να απαντήσει, άκουσαν τη γυναίκα που είχε τρέξει στο χωριό να τον φωνάζει να τον φέρει γρήγορα στο χωριό. Εκείνος βάδισε δίπλα στις γυναίκες, οι φούστες από κατσικίσιο δέρμα χτυπούσαν θορυβωδώς, τα γυμνά πόδια χτυπούσαν στο ξερό χορτάρι. Καθώς περνούσαν ένα τοτέμ με ένα επιμήκες πρόσωπο καρύδας που στεφανωνόταν από παράλληλες οριζόντιες ράβδους, ήξερε ότι έμπαιναν στο χωριό.

Οι πρώτες καλύβες του έφεραν δάκρυα στα μάτια. Ένας άντρας σε ένα ύψωμα από σπασμένα κλαδιά πρόσθετε άχυρο στη στέγη του σπιτιού του. Ο αδελφός του του έδινε ξύλα. Ένα μικρό κορίτσι καθόταν στη λάσπη. Οι κότες και οι κατσίκες απολάμβαναν την ελευθερία του χώρου. Τέτοια αντίθεση με τα αξιοθέατα που είχε συνηθίσει στην Αμερική!

Τον οδήγησαν σε μια καλύβα πάνω σε υπερυψωμένους στύλους μπαμπού, όπου ένας ρυτιδιασμένος γέρος τον περίμενε σε μια κούνια από σπάγκο. Ο Κουόλ δεν είχε πολλές αναμνήσεις από την καλύβα που κάποτε ήταν το σπίτι του. Τα μάτια του έτρεχαν από τους τοίχους μπαμπού μέχρι την αχυρένια στέγη με απορία. Είχε πράγματι μεγαλώσει εδώ;

"Ο γιος μου", ανέκρουσε πρύμναν ο άντρας στο ράντζο, με δάκρυα να τρέχουν στα μάγουλα καθώς πάσχιζε να σηκωθεί.

Ο Κουόλ δεν μπορούσε να πιστέψει στα αυτιά του. "Αμπούλ! Αμπούλ είσαι ζωντανός!"

Τα δάκρυα αναμείχθηκαν καθώς πατέρας και γιος αγκαλιάστηκαν. Τα δάχτυλα του Κουόλ χάραξαν το πρόσωπο, τους ώμους, τα χέρια του. Κρατήθηκαν ο ένας από τον άλλο συγκολλημένοι από το φως του ήλιου. Ο Κουόλ με δυσκολία αναγνώριζε τον εύθραυστο άντρα στην αγκαλιά του. Ο πατέρας που θυμόταν ήταν ψηλός, δυνατός, με φωτεινά μάτια και μια φωνή που διέταζε το χωριό.

Στηριζόμενος βαριά στο χέρι του Κουόλ, ο πατέρας του τον οδήγησε στην καλύβα. Δεν υπήρχαν έπιπλα, εκτός από ένα άλλο κρεβάτι από σπάγκο που στηριζόταν οριζόντια στον τοίχο και ένα χαμηλό σκαμνί. Μια λάσπη σόμπα με μερικά μαγειρικά σκεύη καταλάμβανε τη μια γωνία. Μια ακατάστατη κουβέρτα σε μια άλλη. Αυτά ήταν όλα.

"Κράτησα την ψυχή σου στη γη, μη επιτρέποντας στη μητέρα σου να κάνει την τελετή θανάτου", εξομολογήθηκε ο πατέρας του, ακόμα καταβεβλημένος από τη συγκίνηση.

"Umee... ; πού είναι η Umee;"

"Έφυγε. Στον αιώνιο ουρανό, όπου ο άνεμος και το νερό ενώνονται".

"Και η Nya;"

"Παντρεύτηκε έναν Νουέρ. Ζει σε ένα χωριό απέναντι από το ποτάμι."

Οι γυναίκες είχαν ξεκινήσει έναν εορταστικό χορό, λικνίζοντας και χειροκροτώντας για να καλωσορίσουν τον χαμένο γιο. Οι άντρες που επέστρεφαν από τα χωράφια ενώθηκαν μαζί τους. Χρειάστηκε μόνο ένα λεπτό για να ζητήσει ο Κουόλ μια οσφύ, να βγάλει το τζιν του, τα παπούτσια του και να αρχίσει να χορεύει. Το σώμα του έπεσε στο ρυθμό σαν να μην είχε λείψει ποτέ. Ο χορός τον άφησε πεινασμένο και εξαντλημένο. Άπληστος απόλαυσε έναν χυλό από κεχρί και πικάντικα λαχανικά κατεβάζοντας το γεύμα του με ένα μεγάλο μπολ γάλα. Ήταν στο σπίτι του!

Κανείς δεν κοιμήθηκε εκείνη τη νύχτα. Όλοι οι κάτοικοι του χωριού συγκεντρώθηκαν γύρω από τον μοναδικό φανοστάτη στην πλατεία του χωριού για να ακούσουν για τη ζωή του. Τους μίλησε για την περιπλάνηση σε ερήμους και βάλτους, για την πείνα και τα φουσκάλες στα πόδια, για το πώς κάποιοι από τους συγγενείς τους είχαν πεθάνει. Η μητέρα του Deng Abut ήταν ακόμα ζωντανή. Ο Κουόλ δεν είχε την καρδιά να της πει ότι ο γιος της είχε φαγωθεί από έναν κροκόδειλο.

Τους μίλησε για την Αμερική, την καλοσύνη της θετής του οικογένειας αλλά και τις διακρίσεις εναντίον των ανθρώπων με το χρώμα του δέρματός τους. Έβγαλε ένα στυλό από το σακίδιό του και ζωγράφισε ψηλά κτίρια με αυτοκίνητα παρκαρισμένα στο δρόμο. Αυτό το φύλλο χαρτί περνούσε από άτομο σε άτομο και στη συνέχεια το κόλλησε με κόλλα ρυζιού στον τοίχο της καλύβας του πατέρα του.

Το επόμενο πρωί, λυγισμένος σχεδόν διπλά και στηριζόμενος σε ένα ραβδί, ο πατέρας του Kuol τον οδήγησε στο καμάρι του χωριού - ένα πηγάδι με σωλήνα και χειροκίνητη αντλία. "Κανείς δεν περπατάει πια μέχρι το ποτάμι για νερό. Κινούμε αυτό το χερούλι πάνω-κάτω και βγαίνει νερό", είπε ο πατέρας του επιδεικτικά. "Πέρυσι ένα αγόρι σαν εσένα επέστρεψε από την Αμερική και έφτιαξε πηγάδια για πολλά χωριά. Μπορείς να ξεκινήσεις ένα σχολείο. Κάνε τα παιδιά μας έξυπνα σαν εσένα".

Ο Κουόλ γύρισε μακριά. Είχε ήδη αρχίσει να εξετάζει το εισιτήριο της επιστροφής του. Ο χυλός από κεχρί που του είχε λείψει στην Αμερική είχε χάσει τη γεύση του. Το κρεβάτι από σπάγκο στο οποίο είχε περάσει τη νύχτα κρεμόταν, με το πλαίσιο από μπαμπού να τρίζει. Το στομάχι του, εξημερωμένο από το δυτικό φαγητό, επαναστατούσε ενάντια στα μπαχαρικά. Ήθελε να επιστρέψει στην πατρίδα του. Σπίτι; Πού ήταν το σπίτι του;

Είχε αρχίσει να σκέφτεται την Αμερική ως πατρίδα μέχρι που σκοτώθηκε η Σίντι. Άσκοπα πυροβολημένη από έναν άγνωστο δράστη σε ένα σούπερ μάρκετ. Η Σίντι, η πιο ευγενική γυναίκα, μια δασκάλα με έμφυτη ενσυναίσθηση. Δημοφιλής σε παιδιά και ενήλικες. Κάθε γείτονας ήρθε στην κηδεία της, του έστειλε λουλούδια και φρούτα. Αλλά ήταν απαρηγόρητος. Είχε περάσει το κατώφλι του πόνου πολύ συχνά.

Η Σίντι δεν ήταν ούτε λευκή, ούτε μαύρη, το δέρμα της ήταν μια πλούσια απόχρωση του καφέ, ο συνδετικός κρίκος ανάμεσα στη θετή του πατρίδα και τη χώρα των ριζών του. Ήταν η μόνη γυναίκα που τον ενδιέφερε. Το άτομο που καταλάβαινε τη μοναξιά του να είναι ένας κακομαθημένος εξόριστος. Η γυναίκα που ήξερε πότε τη χρειαζόταν και πότε χρειαζόταν να μείνει μόνος του για να συλλογιστεί. Την είχε παντρευτεί και είχε γευτεί την ευτυχία - για δύο σύντομα χρόνια.

Με την εξαφάνιση της Σίντι η Αμερική δεν ήταν πλέον το σπίτι της. Θα μπορούσε το Σουδάν να είναι το σπίτι της; Ο πόλεμος είχε τελειώσει, η χώρα είχε αρχίσει να αναπτύσσεται. Θα μπορούσε να κάνει το Σουδάν σπίτι του; Να είναι ανάμεσα στους δικούς του ανθρώπους; Αυθόρμητα έκλεισε μια πτήση μέσα σε μια εβδομάδα από το θάνατο της Σίντι. Για να βρεθεί αντιμέτωπος με έναν κόσμο που είχε σχεδόν ξεχάσει.

Δεκαοκτώ χρόνια στην Αμερική. Ένα διαφορετικό είδος ριζών. Είχε συνηθίσει το τρεχούμενο νερό, το άνετο κρεβάτι, τον ηλεκτρισμό, τους δρόμους με τα αυτοκίνητα. Όσο κι αν αγαπούσε τις γκουάβες, δεν ήταν πια στην ηλικία που θα σκαρφάλωνε στα δέντρα γι' αυτές. Ήταν καλό να βρίσκει τον πατέρα του ζωντανό και υγιή. Το χωριό τον είχε φροντίσει και θα συνέχιζε να τον φροντίζει. Εκεί ανήκε. Αλλά ο Κουόλ δεν ανήκε στο χωριό, όπως δεν ανήκε και στην Αμερική. Με θλίψη κοίταξε τον πατέρα του απρόθυμος να τον απογοητεύσει.

Παρά τις χαλαρές ρίζες σε δύο ηπείρους, ο Κουόλ είχε γίνει πραγματικά χωρίς πατρίδα.

Αντίπαλοι

Η λάμψη ωμού μίσους στα μάτια του Μιχαήλ καθώς διέσχιζαν το γήπεδο του μπάντμιντον εκνεύρισε τον Γιούρι. Δεν μπορούσε να αντιμετωπίσει αυτά τα μάτια. Γυρνώντας αλλού, άνοιξε το φερμουάρ της τσάντας του, έβγαλε το μπουκάλι με το νερό του και άφησε το νερό να τρέξει αργά στο λαιμό του. Αυτός ο αγώνας επρόκειτο να αποτελέσει πρόκληση με έναν εντελώς διαφορετικό τρόπο.

Ήταν seeded παίκτες από την Ουκρανία και τη Ρωσία που αγωνίζονταν στο Ασιατικό Πρωτάθλημα Μπάντμιντον. Από τη στιγμή που καταχωρήθηκε η συμμετοχή του, ο Γιούρι ήλπιζε ότι δεν θα χρειαζόταν να παίξει με την Ουκρανία. Αλλά και οι δύο είχαν κερδίσει τους πρώτους γύρους για να βρεθούν αντιμέτωποι στα ημιτελικά.

Το τουρνουά γινόταν σε ένα ελίτ αθλητικό κλαμπ στη Βομβάη, με τους διεθνείς παίκτες να φτάνουν νωρίς για να εγκλιματιστούν στη ζέστη και την υγρασία. Στο Βλαδιβοστόκ ο Γιούρι αντιμετώπιζε μια μέση θερμοκρασία πέντε βαθμών, η οποία έπεφτε στους μείον είκοσι το χειμώνα. Δεν είχε βιώσει ποτέ τους είκοσι οκτώ βαθμούς που αντιμετώπιζε στην Ινδία.

Οι ταυτόχρονοι αγώνες επρόκειτο να διεξαχθούν σε τρία γήπεδα σε ένα τεράστιο κλιματιζόμενο κλειστό χώρο, με τον κλιματισμό να αποτελεί μια σύντομη ανάπαυλα από τη ζέστη. Καθώς ο Γιούρι έκανε τζόκινγκ γύρω από τα τρία γήπεδα για προθέρμανση, είδε τον Ουκρανό να προθερμαίνεται επίσης, να κουνάει τα χέρια του, να λυγίζει τους ώμους του, να κρατάει ψηλά τη ρακέτα καθώς μιμούνταν το σπάσιμο και το χτύπημα στον αέρα. Στο γήπεδο νούμερο δύο οι παίκτες από τη Δανία και την Κορέα είχαν ξεκινήσει το παιχνίδι τους ιδρώνοντας αφειδώς. Το τρίτο γήπεδο ήταν ακόμη κενό. Η Ουκρανία και η Ρωσία είχαν πάρει το γήπεδο νούμερο ένα.

Καθώς ο διαιτητής σφύριξε, ο παίκτης με την κιτρινόμαυρη μπλούζα ανέβηκε στο φιλέ εναντίον του αντιπάλου του με τα κόκκινα και τα μαύρα. Ο Γιούρι κέρδισε τη ρίψη και ετοιμάστηκε να σερβίρει. Ο Ουκρανός ανταπέδωσε το σέρβις, σηκώνοντας τη σαΐτα στην άλλη άκρη του γηπέδου, όπου ο Γιούρι την έσπασε πάνω από το φιλέ για να την πετάξει πίσω με προθυμία. Το ράλι πήγαινε μπρος-πίσω, σπρώχνοντας ο ένας τον άλλον, ενώ ένα κοινό που εκτιμούσε το παιχνίδι κούναγε τους λαιμούς του από αριστερά προς τα δεξιά και πίσω. Όταν ο Μιχαήλ έσπασε το νικητήριο χτύπημα, ξέσπασαν σε χειροκροτήματα. Ο Γιούρι χαμογέλασε αναγνωρίζοντας την εκτίμηση τόσο για το ράλι όσο και για τη νικητήρια βολή.

Ανακάμπτοντας γρήγορα ο Γιούρι πέτυχε τρεις γρήγορους πόντους για να αφήσει τον Μιχαήλ πίσω του. Το κοινό σιώπησε. Προηγήθηκε με δεκαπέντε/επτά όταν έπεσε ξανά το μάτι του Μιχαήλ. Καθαρό δηλητήριο. Ο Ουκρανός με τα μάτια τίγρης σκούπισε τον ιδρώτα από το μέτωπό του, πήρε μια γουλιά νερό και στένεψε τα μάτια σε μια αυστηρή εστίαση. Το σέρβις του ήταν τέλειο. Ένα άπαιχτο χτύπημα. Αργά πλησίασε, ισοφάρισε το σκορ. Καθώς ο Μιχαήλ σκόραρε ξανά και ξανά, το κοινό άρχισε να φωνάζει το όνομά του: "Mikhail! Mi-khail! Ο Γιούρι άρχισε να παραπαίει. Το σετ πήγε στην Ουκρανία.

Και οι δύο ασθμαίνοντας αποσύρθηκαν στο πλάι του γηπέδου, σκουπίζοντας τον ιδρώτα με μικρές πετσέτες. Ενοχλούσε τον Γιούρι ότι παρόλο που έπαιζαν σε ουδέτερο έδαφος - ούτε Ρωσία ούτε Ουκρανία - όταν σκόραρε μετά από ένα μακρύ και δύσκολο ράλι, ακούγονταν ευγενικά χειροκροτήματα, αλλά όταν ο Μιχαήλ σκόραρε ξέσπασαν ουρλιαχτά που αντηχούσαν από το ψηλό ταβάνι. Ο Γιούρι κέρδισε το δεύτερο σετ μετά από δύο καλά διεκδικούμενα match points, με χλιαρό χειροκρότημα.

Ο προπονητής του Γιούρι ήταν έξαλλος. "Το κοινό δεν εκτιμά τον αθλητισμό. Βλέπουν τον αγώνα σαν μέτωπο πολέμου!"

Ο Γιούρι συνειδητοποίησε ότι το κοινό επηρεάστηκε από την εθνικότητά του και όχι από τις ικανότητές του. Η συγκέντρωσή του εξασθένησε. Η συμπάθεια για τα θύματα του πολέμου οδήγησε στην υποστήριξη του Μιχαήλ, ενώ ο ίδιος προερχόταν από το έθνος των επιτιθέμενων. Θα ήταν διαφορετική η αντίδρασή τους αν ήξεραν ότι είχε συλληφθεί σε αντιπολεμικές διαδηλώσεις;

Ο Γιούρι προερχόταν από το Βλαδιβοστόκ στην ανατολική ακτή της Ρωσίας, επικεφαλής του υπερσιβηρικού σιδηροδρόμου. Γεωγραφικά η πόλη του ήταν πιο κοντά στην Ιαπωνία και την Αλάσκα παρά στη

Μόσχα. Ως ηγέτης των φοιτητών, αυτός και η Σβετλάνα είχαν οργανώσει μαζικές διαδηλώσεις υπέρ του ηγέτη της αντιπολίτευσης Αλεξέι Ναβάλνι, ο οποίος φέρεται να είχε δηλητηριαστεί από τη Μόσχα. Ο Ναβάλνι είχε μεταφερθεί κρυφά στη Γερμανία για θεραπεία, αλλά επέστρεψε στη χώρα του μόλις ανάρρωσε - μόνο και μόνο για να συλληφθεί. Ο Γιούρι θαύμαζε τον Ναβάλνι, έναν από τους φυλακισμένους συνείδησης της Αμνηστίας.

Ήταν η συνείδηση που οδήγησε τον Γιούρι να συμμετάσχει σε αντιπολεμικές διαδηλώσεις. Εικόνες από πόλεις που ισοπεδώθηκαν από βόμβες, παιδιά που έτρεχαν με τις μητέρες τους τρομοκρατημένες μήπως σκοτωθούν, αδιανόητος αριθμός νεκρών. Ο πόλεμος δεν είχε νόημα. Στο πεδίο της μάχης πέθαιναν τόσοι Ρώσοι όσοι και Ουκρανοί. Είχε συμμετάσχει σε πορείες ειρήνης, αντιμετώπισε δακρυγόνα, έκλαψε όταν η Σβετλάνα σύρθηκε βίαια στη φυλακή.

Ως εθνικός παίκτης του μπάντμιντον, είχε απαλλαγεί από τη μάχιμη θητεία, αλλά αρκετοί φίλοι του είχαν επιστρατευτεί. Θα επιβίωναν; Θα επέστρεφαν τραυματισμένοι; Βασανίζονταν η Σβετλάνα; Θα έμενε ανάπηρη; Θα μπορούσαν να συνεχίσουν τη ζωή τους όπως πριν όταν τελικά θα απελευθερωνόταν;

Πώς θα μπορούσε να επικοινωνήσει στους ξένους ότι κράτησε αποστάσεις από τα δεινά που προκαλούσε η κυβέρνησή του; Αυτό δεν θα τον καθιστούσε προδότη; Δεν μπορεί κανείς να αγαπάει τη χώρα του αλλά να αποδοκιμάζει τις κυβερνητικές της ενέργειες;

Το σχόλιο του προπονητή για το γήπεδο ως μέτωπο πολέμου άνοιξε τα μάτια. Δεν υπάρχουν νικητές σε ένα πεδίο μάχης. Η καταστροφή και ο πόνος ήταν πολύ υψηλό τίμημα. Το τρίτο σετ ξεκίνησε με τον Γιούρι σε διαταραγμένη ψυχική κατάσταση.

Ο Μιχαήλ είχε επίσης συνεννοηθεί με τον προπονητή του. Επέστρεψε στο γήπεδο φλεγόμενος, με τα μάτια του να λάμπουν από τον θυμό που είχε δει ο Γιούρι νωρίτερα. Η ρακέτα χτύπησε το σαΐτα με δυνατά και σκληρά χτυπήματα οδηγώντας τον Γιούρι στο πίσω μέρος του γηπέδου, ρίχνοντας τη σαΐτα ακριβώς πάνω από το δίχτυ όταν ο Γιούρι ήταν πολύ μακριά για να την φτάσει. Αλλά η φωτιά είχε σβήσει από το παιχνίδι του Γιούρι. Έχασε το παιχνίδι και μαζί με αυτό και τον αγώνα. Θορυβώδεις επευφημίες υποδέχτηκαν τον Ουκρανό που γονάτισε στο κέντρο του γηπέδου με κλειστά μάτια. Ένας σκυθρωπός Γιούρι απομακρύνθηκε.

Ο σύλλογος είχε ένα κοινό αποδυτήριο για όλους τους παίκτες. Οι παίκτες από τη Δανία και την Κορέα είχαν κάνει ντους και έφυγαν μετά τη νίκη του Κορεάτη. Οι παίκτες του Καναδά και του Πακιστάν εξακολουθούσαν να παλεύουν στο γήπεδο τρία. Καθώς ο Γιούρι βγήκε από την τουαλέτα βρήκε τον Μιχαήλ μόνο του, σκυμμένο, με μια πετσέτα πεταμένη στον ώμο του, να σφυρίζει χαρούμενα. Για μια στιγμή ο Γιούρι τον παρακολουθούσε να πασπατεύει τα κορδόνια των παπουτσιών και μετά είπε: "Συγχαρητήρια".

Ο Μιχαήλ γύρισε. Οι δύο αθλητές εκτιμούσαν ο ένας τον άλλον, με την καχυποψία να θολώνει τα μάτια του Μιχαήλ: "Ευχαριστώ. Οι νικητές σήμερα μπορεί να είναι ηττημένοι αύριο", απάντησε σύντομα, χώνοντας τα παπούτσια του μπάντμιντον σε μια τσάντα εξοπλισμού, σηκώθηκε για να προσπεράσει τον Γιούρι και να πάει στο ντους.

Αυθόρμητα ο Γιούρι ρώτησε: "Θα μου κάνεις παρέα για καφέ μετά το ντους;".

Το σαγόνι του Μιχαήλ έπεσε. "Θέλεις καφέ μαζί μου;" Ο Γιούρι σήκωσε τους ώμους. Οι λέξεις είχαν πετάξει από το στόμα του. Ήταν τόσο αμήχανος όσο και ο Ουκρανός.

"Είμαι στις τελικές εξετάσεις. Εσύ θα πας σπίτι σου", είπε ο Μιχαήλ μετά από μια μεγάλη παύση. "Γιατί θέλεις καφέ μαζί μου;"

"Θα υπάρξουν και άλλα τουρνουά".

Ο Μιχαήλ κούνησε το κεφάλι του αμήχανος. "Πραγματικά θέλεις καφέ μαζί μου;"

Ο Γιούρι παρέμεινε σιωπηλός, γνέφοντας.

Ο Μιχαήλ σήκωσε τα χέρια ψηλά. "Εντάξει. Δεκαπέντε λεπτά".

Το κεφάλι του Γιούρι βούιζε. Τι έκανε την απρογραμμάτιστη πρόσκληση να ξεφύγει από τα χείλη του; Ήταν το πνεύμα του αθλητισμού; Μήπως ήθελε πραγματικά να μάθει τον Ουκρανό; Δεν θα ήταν αντιπατριωτικό να εκμυστηρευτεί τις αμφιβολίες του για τον πόλεμο σε έναν εχθρό. Εχθρό; Ο Μιχαήλ ήταν αντίπαλος, όχι εχθρός. Τι θα συζητούσαν;

Ένα δροσερό αεράκι καλωσόρισε τον Γιούρι στο γκαζόν, διάσπαρτο με τραπέζια όπου οι ντόπιοι συζητούσαν πάνω από τσάι, σάντουιτς, ινδικά αλμυρά όπως σαμόσα, ινδλί, τσαάτ. Επέλεξε ένα τραπέζι στην άκρη, μακριά από το πλήθος των ανθρώπων. Μια γάτα περιπλανήθηκε απέναντι, τρίβοντας την πλάτη της στην κνήμη του Γιούρι. Εκείνος έσκυψε και τη γαργαλούσε. Η γάτα έφυγε τρέχοντας.

Σε λίγα λεπτά εμφανίστηκε ο Μιχαήλ. "Στην Ινδία κάνει τόση ζέστη που ιδρώνεις πριν στεγνώσεις από το ντους", είπε. "Δες το πουκάμισό μου. Ιδρωμένο."

Ο Γιούρι γέλασε. "Από εκεί που έρχομαι εγώ, δεν ιδρώνουμε ποτέ".

"Στο Χάρκοβο μόνο το καλοκαίρι λίγο ιδρώνουμε. Δεν είναι το πουκάμισο μουσκεμένο από τον ιδρώτα".

Ήταν δύο λευκοί άντρες ανάμεσα σε τραπέζια γεμάτα Ινδιάνους. Έμοιαζαν με φίλους. Κανείς δεν θα υπέθετε ότι ήταν από εμπόλεμες χώρες. Ο Γιούρι έκανε νόημα στον σερβιτόρο, παρήγγειλε καφέ και σάντουιτς. Ο Μιχαήλ έβγαλε ένα πακέτο τσιγάρα και πρόσφερε στον Γιούρι ένα.

"Η ακρόαση δεν ήταν ωραία για σένα", άρχισε ο Μιχαήλ, χαλαρός μέσα στη λάμψη της επιτυχίας του". Ο Γιούρι ανατρίχιασε, αλλά δεν είπε τίποτα. "Μετά το δεύτερο σετ νόμιζα ότι θα έπαιρνες το ματς. Τότε η δύναμη επέστρεψε σε μένα".

"Το παιχνίδι σου έγινε πραγματικά επιθετικό".

Ο Μιχαήλ γέλασε σαρδόνια. "Ναι. Ο προπονητής είπε 'Πάμε για αυτό! Νομίζεις ότι είναι τανκ, είναι κράνος! Πυροβόλησε τον εχθρό!" Οπότε σημάδευα το κράνος, συντρίβοντας το τανκ".

Λαχάνιασε, έχοντας ξαφνικά επίγνωση αυτού που είχε πει. Και οι δύο άνδρες πάγωσαν μέσα στη σιωπή. Ο σερβιτόρος έφτασε με τον καφέ. Κανένας από τους δύο δεν σήκωσε το φλιτζάνι του.

Επιτέλους ο Γιούρι είπε: "Αν το κεφάλι μου ήταν μέσα στο κράνος, θα με πυροβολούσες;".

Η σιωπή παρατάθηκε καθώς ο Μιχαήλ έψαχνε να βρει λέξεις. "Δεν πυροβολώ ανθρώπους", είπε αργά. "Αλλά η χώρα σου εισέβαλε στη δική μου. Και στον πόλεμο πρέπει να επιτεθείς για να αμυνθείς".

Ο Γιούρι αναστέναξε: "Ο πόλεμος έχει αλλάξει τα πάντα. Πρέπει να φέρουμε πίσω την ειρήνη".

Ο Μιχαήλ έκλεισε τα μάτια του. "Αν η χώρα σου σταματήσει να πολεμάει, θα υπάρξει ειρήνη. Αλλά αν σταματήσουμε να πολεμάμε, δεν θα υπάρξει Ουκρανία. Δεν υπάρχει άλλη επιλογή. Πρέπει να πολεμήσουμε".

Ο Γιούρι ανακουφίστηκε που το μίσος στα μάτια του Μιχαήλ φαινόταν να έχει εξημερωθεί. Μίλησαν ως αθλητές που γνώριζαν ότι η αντιπαλότητα στο γήπεδο μπορεί να δέσει σε φιλία εκτός γηπέδου, αλλά επίσης γνώριζαν την ανθεκτικότητα της τρέχουσας κατάστασής τους. Ο Γιούρι ήθελε απεγνωσμένα να πει στον Μιχαήλ ότι ήταν διαδηλωτής κατά του πολέμου. Πριν προλάβει να βρει τις κατάλληλες λέξεις, μίλησε ο Μιχαήλ.

"Η μητέρα μου και ο επτάχρονος σκύλος μας σκοτώθηκαν πέρυσι στο Χάρκοβο. Το σπίτι μας βομβαρδίστηκε. Χάσαμε τα πάντα. Ο πατέρας μου και εγώ δραπετεύσαμε επειδή δουλεύαμε εθελοντικά σε ένα καταφύγιο βομβαρδισμένων".

Μια σκληρή φωνή που διαρρέεται από πόνο. "Έχουμε μείνει άστεγοι. Δεν έχουμε χρήματα. Το τουρνουά μου έδωσε χρήματα. Έβαλα τον πατέρα μου στο λεωφορείο για την Πολωνία. Είναι ασφαλής... Πόσο καιρό....; Θα τον ξαναδώ;

Το να ακούει έναν επιζώντα που είχε υποφέρει, χτύπησε τον Γιούρι δέκα φορές περισσότερο από τις τηλεοπτικές εικόνες. Τα χείλη του έτρεμαν καθώς πάλευε να συνθέσει το πρόσωπό του σε μια μάσκα. Χαμήλωσε το βλέμμα του στο γρασίδι κάτω από τα παπούτσια του μη μπορώντας να απαντήσει στη μάταιη ερώτηση του Μιχαήλ. Πώς θα μπορούσε να αποστασιοποιηθεί από τις φρικαλεότητες που είχαν προκαλέσει τόση δυστυχία στον άνθρωπο που ήταν μαζί του;

"Η Σβετλάνα είναι υπό κράτηση", ξεστόμισε. Ο Μιχαήλ σήκωσε τα ερωτηματικά μάτια. "Η Σβετλάνα, η... η ξεχωριστή μου φίλη συνελήφθη επειδή διαδηλώσαμε για την ειρήνη".

Τα μάτια του Μιχαήλ άνοιξαν με δυσπιστία. "Τι θα της συμβεί;"

Ο Γιούρι σήκωσε τους ώμους. "Δεν ξέρω".

"Θεέ μου...! Δηλαδή... εσύ.... επίσης υποφέρεις...."

Κάθισαν σιωπηλοί. Η σιωπή των ανθρώπων που τους ενώνει ένα μαντάλα κοινών συναισθημάτων. Υποφέροντας από τον πόλεμο που χώρισε τις χώρες τους. Ο Μιχαήλ αναστέναξε φτάνοντας για τον καφέ του ταυτόχρονα με τον Γιούρι. Τα μάτια τους συναντήθηκαν σε διστακτικά μισοχαμόγελα. "Όλοι υποφέρουν στον πόλεμο", είπε με πικρία. "Εκτός από τους κυβερνήτες που τον προκαλούν".

Ο Γιούρι είχε μια παράλογη παρόρμηση να απλώσει το χέρι και να αγκαλιάσει τον Ουκρανό, αλλά ήξερε ότι θα ήταν ανάρμοστο. Το χέρι του άγγιξε τη γάτα με το ταγάρι που γουργούριζε πάλι στο πόδι του. Γλίστρησε τα δάχτυλα κάτω από την κοιλιά της και τη σήκωσε στην αγκαλιά του, χαϊδεύοντας το καφέ και άσπρο τρίχωμά της. "Οι γάτες του Χέρσον είναι μεγαλύτερες", σχολίασε ο Μιχαήλ βλέποντας τον Γιούρι να ταΐζει τη γάτα με λίγο από το σάντουιτς του.

"Έχουμε δύο γάτες στο σπίτι. Η Σβετλάνα έδινε ψάρια κάθε μέρα. Ποιος ξέρει..." Η φωνή του Γιούρι κόπασε.

Ο Μιχαήλ σταμάτησε τη σιωπή από το να επεκταθεί. Παίρνοντας μια βαθιά ανάσα, είπε: "Τα δικαστήρια πρέπει να είναι ελεύθερα τώρα. Ας παίξουμε έναν φιλικό αγώνα".

"Γιατί όχι", απάντησε ο Γιούρι σπρώχνοντας πίσω την καρέκλα του για να ρίξει τη γάτα στο γκαζόν. "Αλλά μείνε μακριά από τον προπονητή που σε παρότρυνε να μου σπάσεις το κεφάλι!"

Γελώντας απομακρύνθηκαν το χέρι του Ουκρανού ακουμπούσε στον ώμο του Ρώσου.

Τι μέρα!

Το ταξί του Ρομέο είχε σχεδόν ξεμείνει από βενζίνη. Αφού άφησε τον τελευταίο επιβάτη του, κατευθύνθηκε προς την αντλία βενζίνης, αλλά είχε τελειώσει το CNG. Η πλησιέστερη αντλία ήταν δύο χιλιόμετρα μακριά.

Βρισκόταν στο κέντρο της πόλης όπου θα ήταν εύκολο να βρει επιβάτες. Συνήθως, περίμενε έναν επιβάτη μεγάλης απόστασης για να κερδίσει περισσότερα κέρδη. Σήμερα δεν μπορούσε να είναι επιλεκτικός. Χρειαζόταν έναν επιβάτη που ήθελε να πάει προς την αντλία βενζίνης.

Πάρκαρε μπροστά από ένα εμπορικό συγκρότημα. Οι άνθρωποι που έβγαιναν με τα δέματα ήταν σίγουροι πελάτες. Ο δρόμος ήταν γεμάτος από πεζούς αργά το πρωί. Ένας εφημεριδοπώλης είχε απλώσει εφημερίδες και περιοδικά στο πεζοδρόμιο. Μια σέξι σειρήνα χαμογελούσε δελεαστικά από το εξώφυλλο ενός κινηματογραφικού περιοδικού. Ένα ζευγάρι περιστέρια κελαηδούσε τσιμπώντας το πεζοδρόμιο. Ο πωλητής τα έδιωξε.

Ο Ρομέο τα παρακολουθούσε να πετάνε προς έναν στύλο φωτισμού όταν ένιωσε ένα γδούπο στο έδαφος, ακολουθούμενο από έναν ωστικό κρότο. Καπνός βγήκε από ένα πολυώροφο κτίριο σε ένα στενό δρομάκι στην απέναντι πλευρά του δρόμου. Σκοτείνιασε, πύκνωσε, φλόγες πετάχτηκαν από ένα παράθυρο. Τότε ένα τεράστιο κομμάτι του νεόκτιστου πύργου Zydus Towers έπεσε στο έδαφος. Προσπαθούσε ακόμα να καταλάβει τι είχε συμβεί, όταν κύματα ανθρωπότητας όρμησαν πάνω του.

"Βόμβα! Έκρηξη βόμβας" φώναξε ένας άνδρας.

"Τρέξτε! Μπορεί να υπάρχει κι άλλη!"

Μια μεσήλικη γυναίκα με λυγμούς τράβηξε την πόρτα του ταξί του. "Σιδηροδρομικός σταθμός", ακούστηκε η τρεμάμενη φωνή της.

Ένας μεγαλόσωμος, εύσωμος άντρας την έσπρωξε στην άκρη και πήδηξε στο μπροστινό κάθισμα δίπλα στον Ρομέο.

"Ε! Η κυρία ήταν πρώτη", φώναξε αγανακτισμένος ο Ρομέο.

"Μπες σε εκείνη τη λωρίδα", διέταξε ο άντρας.

"Είσαι τρελός! Έγινε έκρηξη βόμβας!"

"Κάνε ό,τι σου λένε!" ακούστηκε η επιβλητική φωνή του.

"Βγες από το ταξί μου! Ποιος νομίζεις ότι είσαι!"

Ο άντρας έβγαλε μια κάρτα από το πορτοφόλι του. Φρουροί του σπιτιού. Πολίτες για δημόσια υπηρεσία. "Οι τραυματίες πρέπει να μεταφερθούν εσπευσμένα στο νοσοκομείο. Σας διατάζω να πάτε γρήγορα στο Zydus Towers".

Απρόθυμα ο Ρομέο άναψε τη μίζα και μπήκε στον πολυσύχναστο δρόμο. Οι άνθρωποι περπατούσαν σαν ζόμπι. Κάθε πρόσωπο είχε γλαυκά μάτια, ζαλισμένες εκφράσεις. Όλοι ήταν κουφοί στον κρότο της μοναχικής πυροσβεστικής που είχε καταφέρει να φτάσει στο σημείο. Κανένας αστυνομικός δεν υπήρχε τριγύρω για να ελέγξει το πλήθος. Με κάποιο τρόπο ο Ρομέο έφτασε στους πύργους Zydus Towers πλησιάζοντας πίσω από ένα πυροσβεστικό κλιμάκιο.

"Σταματήστε!" διέταξε ο αυταρχικός άνδρας. Ένας μεσήλικας με ένα αιματοβαμμένο πουκάμισο παραπατούσε στο πεζοδρόμιο. Ο συνεπιβάτης του Ρομέο έτρεξε προς το μέρος του και τον οδήγησε στο πίσω κάθισμα του ταξί. Λέγοντας στον Ρομέο να προσέχει τον τραυματία, έτρεξε μέσα στο κτίριο ψάχνοντας για άλλους.

Ο άντρας βογκούσε, με τα μάτια κλειστά, το κεφάλι ριγμένο προς τα πίσω, με το στόμα κρεμασμένο. Το ματωμένο πουκάμισο έκανε τον Ρομέο να ανατριχιάσει. Μια καυστική μυρωδιά γέμισε το ταξί.

Ο Ρομέο ανατρίχιασε. Πώς στο καλό είχε παγιδευτεί σε αυτό; Μόλις περίμενε έναν επιβάτη, όταν αυτός ο μεγαλόσωμος άντρας τον ανάγκασε να μπει στη λωρίδα. Είχε μια ισχυρή παρόρμηση να φύγει μακριά. Θα μπορούσε να σύρει τον τραυματισμένο άνδρα έξω από το ταξί του χωρίς να γεμίσει αίματα; Πώς θα μπορούσε να τον αφήσει στο πεζοδρόμιο;

Βγήκε έξω, για να τον σπρώξει το ορμητικό πλήθος, καταφέρνοντας να μπει σε μια σκοτεινή πόρτα, μακριά από τα ποδοπατημένα πόδια. Ο αέρας ήταν θολός, βαρύς από τη σκόνη που στροβιλίζεται. Σκέφτηκε να εγκαταλείψει το ταξί του και να πάει σπίτι του. Θα μπορούσε να επιστρέψει γι' αυτό αφού καταλαγιάσει το χάος.

Αλλά η Εθνοφρουρά είχε επιστρέψει, κουβαλώντας ένα έφηβο αγόρι, με ωμή σάρκα να κρέμεται από ένα κομμένο χέρι. Ο Ρομέο καταπλάκωσε. Ήταν το αγόρι από τον πάγκο με το τσάι που επισκεπτόταν συχνά. Πρέπει να παρέδιδε τσάι σε πολυτελή γραφεία όταν εξερράγη η βόμβα.

"Ανοίξτε την μπροστινή πόρτα", φώναξε ο άντρας.

Μπροστινή πόρτα! Με το απαίσιο χέρι δίπλα στον οδηγό! Όχι! Ο Ρομέο ήθελε να ουρλιάξει. Είχε μια απέχθεια για το αίμα από την εποχή που είχε δει τη μητέρα του με φυματίωση να ξερνάει αίμα μέρα με τη μέρα. Το αγόρι που αιμορραγούσε τροφοδοτούσε ξεχασμένες αναμνήσεις. Ανοίγοντας απρόθυμα την πίσω πόρτα, ο εύσωμος άντρας έβαλε απαλά το αγόρι μέσα.

"Στο πλησιέστερο νοσοκομείο", γαύγισε ο άντρας, μπαίνοντας δίπλα στον οδηγό. Ο Ρομέο απογειώθηκε υπάκουα. Ήταν ο μόνος τρόπος για να απαλλαγεί από τους αιμόφυρτους επιβάτες του. Η θέα του αίματος του προκαλούσε ναυτία, παρόλο που βρίσκονταν στο πίσω κάθισμα. Οι άνθρωποι ξεχύνονταν από το βομβαρδισμένο κτίριο στη στενή λωρίδα, από τη λωρίδα στον κεντρικό δρόμο, όπου η κυκλοφορία είχε σταματήσει.

Οι σειρήνες ανακοίνωσαν ασθενοφόρα που κατευθύνονταν προς το Zydus Towers. Ο Ρομέο θέλησε να προτείνει τη μεταφορά των τραυματιών σε ένα ασθενοφόρο, όταν τα μάτια του συνελήφθησαν από ένα θέαμα που δεν θα ξεχνούσε ποτέ.

Δύο άνδρες είχαν ανέβει στην οροφή ενός σταθμευμένου λευκού αυτοκινήτου φωνάζοντας "Πρώτες βοήθειες! Επίδεσμος! Παυσίπονο!" Είχαν αδειάσει το απόθεμα του τοπικού φαρμακείου για να βοηθήσουν τους τραυματίες. Ένα σεντόνι είχε απλωθεί στο πάτωμα για τους ζαλισμένους ανθρώπους για να σταθεροποιήσουν τα νεύρα τους με ζεστό τσάι ή εμφιαλωμένο νερό. Ο Ρομέο αισθάνθηκε ντροπή που ήθελε να εγκαταλείψει τη σκηνή. Παλεύοντας με τις ενοχές ρώτησε τους τραυματισμένους επιβάτες: "Θέλετε νερό;".

"Χρειάζονται επείγοντα! Όχι νερό", φώναξε ο οικονόμος. "Οδηγήστε γρήγορα!"

Ο μόνος τρόπος για να οδηγήσεις γρήγορα θα ήταν να συνθλίψεις μια ντουζίνα ανθρώπους κάτω από τις ρόδες. Ο Ρομέο προχώρησε με την κόρνα του. Τέσσερις αστυνομικοί προσπαθούσαν να απομακρύνουν τα παρκαρισμένα αυτοκίνητα από το δρόμο για να κάνουν χώρο για τα ασθενοφόρα. Ο Home Guard τους απηύθυνε έκκληση, δείχνοντας τους τραυματίες στην καμπίνα. Ένας αστυνομικός έβγαλε το λάθη του φωνάζοντας. Το πλήθος χωρίστηκε σε δύο ρεύματα ανοίγοντας δρόμο για το ταξί.

Μόλις βγήκε από τη συμπλοκή, ο Ρομέο πάτησε το γκάζι, κινούμενος με υψηλές ταχύτητες για να χρησιμοποιεί λιγότερη βενζίνη. Θα διπλασιαζόταν η καταστροφή αν το ταξί του σταματούσε. Ο εύσωμος άντρας γύριζε συνέχεια για να κοιτάξει τους τραυματίες κατά διαστήματα. Τα αγκομαχητά και τα βογγητά ήταν ενοχλητικά. Ο Ρομέο δεν τόλμησε να ρίξει μια ματιά στον καθρέφτη. Καθώς έφτασαν στο νοσοκομείο, η

Εθνοφρουρά έτρεξε έξω φωνάζοντας για φορεία. Το προσωπικό του νοσοκομείου μετέφερε τους τραυματίες.

Το κεφάλι του Ρομέο έπεσε στο τιμόνι, τα χέρια του έτρεμαν, το σάλιο έσταζε από το ανοιχτό στόμα. Στοιχειωμένος από τις εικόνες του λιπόσαρκου προσώπου της μητέρας του, του αιματοβαμμένου σεντονιού. Πέρασαν λίγα λεπτά μέχρι να μπορέσει να συνέλθει, να βγει από το ταξί, να χτυπήσει άτσαλα την πίσω πόρτα.

Το αίμα είχε πιτσιλίσει όλο το κάθισμα στέλνοντας ρίγη στη σπονδυλική του στήλη. Ήταν δική του δουλειά να το καθαρίσει. Παίρνοντας μια βαθιά ανάσα για να σταθεροποιηθεί, πλησίασε μια γυναίκα σκούπα για μια σκούπα και έναν κουβά, πιτσίλισε στα τυφλά με νερό το πίσω κάθισμα, αποστρέφοντας τα μάτια του από κάθε ίχνος κόκκινου. Το αίμα είχε πήξει στη γωνία όπου είχε τοποθετηθεί το αγόρι. Ένας λυγμός ξέφυγε από τον Ρομέο, καθώς έξυνε άγρια το κάθισμα με τη σκούπα που κρατούσε. Επιτέλους το ταξί του έμοιαζε και πάλι φυσιολογικό.

Ο οικονόμος επέστρεψε με βλοσυρό πρόσωπο. "Το αγόρι ήταν νεκρό πριν φτάσουμε. Ο άντρας είναι σε αναπνευστήρα. Μπορεί να μην επιζήσει", ενημέρωσε με σοβαρότητα. "Πρέπει να βρούμε τις οικογένειές τους".

Εμείς; Γιατί ο Εθνοφύλακας υπέθεσε ότι ο Ρομέο θα ήθελε να συνεχίσει αυτή τη δοκιμασία; "Το αγόρι δούλευε σε έναν πάγκο με τσάι στη γωνία του δρόμου", βρέθηκε να λέει.

"Ξέρετε για ποιον δούλευε;"

"Για κάποιον Ramdas. Μπορεί να είναι και αυτός τραυματισμένος. Θα έχει ακόμα πολύ κόσμο."

"Πήγαινέ με εκεί."

Ο Ρομέο έβαλε μπρος το αυτοκίνητο, αλλά μόλις είχαν μετακινηθεί, αυτό σφύριξε και σταμάτησε. "Δεν έχει βενζίνη", είπε ακούγεται απολογητικός αλλά κατά βάθος ανακουφισμένος που μπορούσε να βγει έντιμα από αυτό το δίλημμα.

Ο οικονόμος αναστέναξε επίσης. "Κάναμε το καθήκον μας. Θα ενημερώσω το αρχηγείο. Μπορούν να αναλάβουν".

Άνοιξε την πόρτα και βγήκε από το ταξί. "Κύριε, ταρίφα ταξί".

Ο εθνοφύλακας κοίταξε έκπληκτος. "Ταξί...; Κάνουμε δημόσια υπηρεσία. Ποιος θα δώσει εισιτήριο για ταξί;"

"Μα κύριε, ξόδεψα όλο το πρωί...."

"Και με άφησες ξεκρέμαστο χωρίς βενζίνη! Τι είδους υπηρεσία είναι αυτή!" Γύρισε την πλάτη στον Romeo και έφυγε.

Ο Ρομέο σήκωσε τα θυμωμένα μάτια προς τον ουρανό. Ποιο ήταν το νόημα αυτής της οδυνηρής εμπειρίας; Είχε χάσει τα κέρδη μιας ολόκληρης ημέρας. Δεν κατέληξε καν στο να σώσει μια ζωή!

Αγάπη, παρ' όλα αυτά

"Irenya πάρε το επόμενο λεωφορείο."
"Πώς θα βρεις φαγητό αν φύγω;"
"Είναι επικίνδυνα. Μπορεί να μας βομβαρδίσουν ανά πάσα στιγμή".
"Αν μας βομβαρδίσουν, μπορούμε να πεθάνουμε μαζί."

Παραλλαγές αυτής της συζήτησης διανθίζουν τις μέρες τους από τότε που ακρωτηριάστηκε το δεξί πόδι του Ιγκόρ. Είχε προσφερθεί εθελοντικά να υπερασπιστεί την πόλη τους από εισβολείς και τραυματίστηκε στη μάχη. Πέρασαν ώρες μέχρι να διασωθεί, το τραυματισμένο πόδι του ήταν γεμάτο λάσπη όταν μεταφέρθηκε στο νοσοκομείο.

Ήταν ημιλιπόθυμος, σε παραλήρημα. Το κακοστεγασμένο νοσοκομείο γεμάτο τραυματίες. Δεν υπήρχε χρόνος να συζητηθεί αν θα μπορούσε να αποφευχθεί ο ακρωτηριασμός. Ο ταλαιπωρημένος γιατρός έδωσε στην Irenya μόνο μισή ώρα για να αποφασίσει αν θα ακρωτηριάσει και θα μειώσει τον κίνδυνο γάγγραινας. Δεν θα το ρισκάριζε. Πόδι ή όχι, ήθελε τον άντρα της ζωντανό. Τώρα ήθελε η Irenya να φτάσει στην ασφάλεια, αλλά εκείνη δεν θα τον άφηνε.

Πριν από λίγους μήνες, είχαν γιορτάσει την ασημένια επέτειό τους στην παραθαλάσσια πόλη της Μαριούπολης. Οι πρώτες τους διακοπές μετά την αναχώρηση του γιου και της κόρης τους για το πανεπιστήμιο. Η ωριμότητα σε συνδυασμό με την ικανοποίηση της ανατροφής δύο έξυπνων παιδιών το έκαναν δεύτερο μήνα του μέλιτος.

Το φως είχε αρχίσει να μπαίνει από το κενό ανάμεσα στις κουρτίνες. Ο ήλιος ανέτειλε σε μια άλλη μέρα. Ευτυχώς τα παιδιά τους ήταν ασφαλείς μακριά, αλλά ήταν ασφαλής ο αδελφός του Ιγκόρ; Και οι θείες της Ειρήνης; Οι φίλοι στην παμπ; Θα γινόταν η πολυκατοικία τους ερείπια, όπως αυτή στην απέναντι πλευρά του δρόμου; Άλλη μια μέρα αβεβαιότητας. Όπως και χθες. Όπως ένας άγνωστος αριθμός αυριανών.

Με ένα δυνατό χασμουρητό η Ειρήνη τέντωσε τα χέρια της, σηκώθηκε από το κρεβάτι. Τσαλαβουτούσε προς την κουζίνα κάνοντας κλικ στον διακόπτη πάνω από το κεφάλι. Δεν υπήρχε φως. Η κουζίνα ήταν γνώριμη, μπορούσε να τριγυρνάει στο μισοσκόταδο. Η σόμπα του κάμπινγκ είχε ακόμα λάδι. Έψαξε σε ένα συρτάρι για ένα σπιρτόκουτο. Καθώς το άναψε, μια ζεστή λάμψη φώτισε τα άδεια ράφια.

Τι θα μπορούσε να δώσει στον Ιγκόρ με το πρωινό τσάι; Η διατροφή ήταν η μόνη του ελπίδα για ανάρρωση. Πού ήταν το πακέτο που είχε φέρει ο εργάτης αρωγής; Είχε αντικαταστήσει τον επίδεσμο στο πρέμνο του ποδιού του Ιγκόρ όταν έφτασε η κοπέλα. Το πόδι επουλωνόταν, και οι πληγές άρχισαν να καλύπτουν την ωμή σάρκα. Πού είχε πει στην κοπέλα να αφήσει το πακέτο; Α, ναι, ήταν στο μικρό τραπέζι κοντά στην ντουλάπα με τα παλτά.

Η βοηθός με τα κοφτερά μάτια και τα σκούρα καστανά μαλλιά που έφταναν σχεδόν μέχρι τη μέση της θύμιζε στην Ειρήνη τα κορίτσια στο ινστιτούτο ομορφιάς όπου εργαζόταν. Είχαν διαφύγει σε ασφαλές μέρος; Είχε τραυματιστεί κάποια από αυτές; Η Irenya ανατρίχιασε καθώς η κοπέλα τους είπε για τη Μαριούπολη που βομβαρδίστηκε σφοδρά, σχεδόν μετατράπηκε σε ερείπια. Είχε σοκαριστεί όταν βρήκε το ηλικιωμένο ζευγάρι μόνο του με τον τραυματισμό του Ιγκόρ και συνέχισε να τον συμβουλεύει να μεταφερθεί στο νοσοκομείο.

"Ήμουν στο νοσοκομείο την ημέρα που βομβαρδίστηκε", της είπε ο Ιγκόρ. "Για δεύτερη φορά χρειάστηκε να με μεταφέρουν με φορείο. Όχι άλλα φορεία για μένα. Προτιμώ να πεθάνω στο σπίτι".

Το πακέτο ανακούφισης περιείχε τσάι, γάλα, ζάχαρη, παμπούσκι, τυρί, μούσλι και απίστευτα μεγάλη σοκολάτα. Το Παμπούσκι μύριζε σκόρδο. Η Irenya τύλιξε το σκορδόψωμο σε αλουμινόχαρτο, τύλιξε το τυρί σε ένα άλλο κομμάτι αλουμινόχαρτο. Θα μπορούσαν να το τεντώσουν για δύο-τρεις ημέρες. Άδειασε το τσάι και τη ζάχαρη σε βάζα και μετά φώναξε τον άντρα της. "Ιγκόρ! Μπορούμε να φάμε σοκολάτα σήμερα!"

"Σοκολάτα! Πότε είδαμε τελευταία φορά σοκολάτα;"

"Στην προηγούμενη ζωή μας", γέλασε και τακτοποίησε σε έναν δίσκο δύο κούπες με τσάι, μούσλι, γάλα και ζάχαρη. Τοποθέτησε τη σοκολάτα σε περίοπτη θέση ανάμεσα στις κούπες και τη μετέφερε στο κρεβάτι του Ιγκόρ. Ήταν φουντούκι, η αγαπημένη του Ιγκόρ. Η Irenya ξετύλιξε το αλουμινόχαρτο, έσπασε δύο κύβους και τους έδωσε στον σύζυγό της, κρατώντας έναν κύβο για τον εαυτό της.

"Απολαύστε το αργά", μουρμούρισε ο Ιγκόρ τραβώντας τον εαυτό του σε καθιστή θέση. "Δεν ξέρω πότε θα έχουμε άλλο".

"Μμμ" συμφώνησε η σύζυγός του, ξεπλένοντας τη σοκολάτα με αχνιστό τσάι.

Πόσο καιρό θα έπρεπε να κρατήσει το φαγητό; Πότε θα ερχόταν ξανά η κοπέλα; Πόσο εξευτελιστικό ήταν να εξαρτώνται από την ανακούφιση, όταν ο Ιγκόρ ήταν ιδιοκτήτης του πιο μοντέρνου καταστήματος υποδημάτων στο χωριό τους. Ήταν ο μεγαλύτερος δωρητής για τον εκσυγχρονισμό του τοπικού σχολείου. Θα κατάφερναν ποτέ να ξαναζωντανέψουν την παλιά τους ζωή;

Ως συνήθως ο Ιγκόρ ρουφούσε δυνατά το τσάι και ως συνήθως η Ειρήνη τον επέπληξε. Παρατηρώντας ότι είχε πάρει το μικρότερο κομμάτι σοκολάτας, έπιασε το χέρι της γυναίκας του, χαϊδεύοντας τον καρπό της με τον αντίχειρά του. Το χρώμα είχε ξεθωριάσει από τα μαλλιά της, οι γκρίζες ρίζες αναμειγνύονταν με τις ραβδώσεις. Πριν από τον πόλεμο θα της έλεγε να τα βάψει, αν εντόπιζε έστω και μια γκρίζα τούφα. Το χρώμα των μαλλιών δεν είχε σχεδόν καμία σημασία πια.

Ήπιαν αργά το τσάι, παραμένοντας στη γεύση του χαμομηλιού, απολαμβάνοντας τη ζεστασιά του. Η ζωή είχε γυρίσει τούμπα. Ήταν παράξενο να σκέφτεσαι το τσάι και τις σοκολάτες ως πολυτέλειες. Ακόμα και η επιβίωση είναι πολυτέλεια όταν οι σωροί των ερειπίων γεμίζουν τους δρόμους.

Το κτίριο απέναντι από το διαμέρισμά τους είχε βομβαρδιστεί πριν από τρεις μέρες. Η Ιρένια είχε παρακολουθήσει τα σωστικά συνεργεία, κρατώντας έναν ταραγμένο Ιγκόρ που επέμενε να πηγαίνει κουτσαίνοντας στο παράθυρο. Τα πτώματα καθαρίζονταν, οι τραυματίες μεταφέρονταν με φορεία. Σταυροκοπιόντουσαν σιωπηλά κάθε φορά που έβλεπαν ένα πτώμα καλυμμένο με σάβανο.

"Θα μπορούσα να είμαι εγώ."

"Η εγώ"

"Η και τα δύο".

Οι ατσάλινες δοκοί κρέμονταν ακόμα επισφαλώς μεταξύ του πέμπτου και του έβδομου ορόφου. Η Ειρήνη είχε πετρώσει από φόβο μήπως πέσουν κάτω, συνθλίβοντας όποιον βρισκόταν από κάτω. Τράβηξε σκούρες κουρτίνες πάνω από το σπασμένο παράθυρό τους, στερεώνοντάς τες γερά κάτω από το παράθυρο με μια βαριά καρέκλα για να μην πετάξουν ανοιχτές. Οι κουρτίνες ήταν η προστασία τους από τις εικόνες που έσφιγγαν τα σωθικά. Πόσο ειρωνικό είναι που οι εύθραυστες κουρτίνες επιβιώνουν όταν οι τοίχοι και τα παράθυρα καταρρέουν.

Τα νέα για την επικείμενη πτώση της Μαριούπολης ήταν καταθλιπτικά. Απέφευγαν να μιλήσουν γι' αυτό. Η καταστροφή αγαπημένων αναμνήσεων θα διατάρασσε την εύθραυστη ψυχική τους γαλήνη. Με τον ήλιο να ανατέλλει σταθερά, και το τσάι ζεστό στο λαιμό τους, οι αναμνήσεις επέστρεφαν.

"Θυμάσαι τη Μαριούπολη;" ρώτησε απαλά.

"Δεν υπάρχει πια. Είπε ότι όλα τα κτίρια είναι απανθρακωμένα μαύρα".

"Η παραλία θα παραμείνει. Δεν μπορούν να βομβαρδίσουν την παραλία".

"Το θέατρο όπου είδαμε το μπαλέτο του Τσαϊκόφσκι είναι σε ερείπια. Άνθρωποι στο κοινό τραυματίστηκαν. Θα μπορούσε να είσαι εσύ και εγώ."

"Είμαστε ακόμα ζωντανοί. Και μαζί", της υπενθύμισε απότομα.

"Δόξα τω Θεώ."

Είχαν μείνει σε ένα γραφικό ξενοδοχείο με θέα έναν κόλπο, με κίτρινους νάρκισσους να χορεύουν στο μονοπάτι που οδηγούσε στην αυλή. Από το μπαλκόνι τους μπορούσαν να δουν πολύχρωμες βάρκες να κουνιούνται ανάμεσα στα κύματα. Το ξενοδοχείο μάλλον είχε καταστραφεί, αλλά εκείνος ήθελε να της ελαφρύνει τη διάθεση με το να το θυμάται όπως το ήξεραν.

"Θυμάσαι το μπολ σε σχήμα καρδιάς με τα φιλιά Χέρσεϊ στο γραφείο της ρεσεψιόν;" είπε, πιάνοντας το χέρι της. "Και τον πίνακα με τα όμορφα κορίτσια στο λόμπι πίσω της;"

"Πάντα προσέχεις τα όμορφα κορίτσια!" μουρμούρισε παιχνιδιάρικα, αποσύροντας το χέρι της.

Εκείνος το τράβηξε ξανά προς το μέρος του. "Είσαι το πιο όμορφο κορίτσι στον κόσμο. Το λουλούδι γύρω από το οποίο οι πεταλούδες γίνονται άχρωμες".

Αυτό έφερε μια λάμψη στα μάτια της. "Μου αρέσει όταν γίνεσαι ποιητικός", χαμογέλασε ανταποκρινόμενη στο χάδι του.

"Και μου αρέσει όταν είσαι αστείος. Θυμάσαι που έχυσα τσάι στο πουκάμισό μου επειδή με έκανες να γελάσω πολύ;"

"Είσαι πάντα αδέξιος", του έκανε παρατήρηση, χτυπώντας τον ελαφρά στον αγκώνα του. "Μέχρι και στο κρεβάτι χύνεις το τσάι!"

Εκείνος γέλασε, σφίγγοντας το χέρι της. "Επειδή ξέρω ότι θα το καθαρίσεις".

"Το κάνω εδώ και είκοσι πέντε χρόνια!"

Φιλήθηκαν ελαφρά, απολαμβάνοντας τη ζεστασιά της συντροφικότητας, γνωρίζοντας πόσο πολύτιμη και επισφαλής ήταν. Τη γαργάλησε πίσω από το αυτί. Εκείνη χασκογέλασε. Καθώς ένας διαπεραστικός πόνος διαπέρασε το πόδι που του έλειπε, απομακρύνθηκε. "Πόνος φάντασμα", τον είχε προειδοποιήσει ο γιατρός να περιμένει. Σηκώθηκε, ίσιωσε τα σεντόνια του και εγκαταστάθηκε σε μια καρέκλα δίπλα του.

Σε λίγα λεπτά χαμογελούσε ξανά. "Θυμάσαι τον βιολιστή που μας έκανε καντάδα στο δείπνο; Σε φλέρταρε".

"Δεν ήταν όμορφος! Αλλά είχε κιθάρα, όχι βιολί", διόρθωσε.

"Ήσουν πανέμορφη με το μαύρο φόρεμα και τα μαργαριταρένια σκουλαρίκια που σου χάρισα".

"Και εσύ είσαι πιο όμορφη από τον κιθαρίστα".

Κινήθηκε πίσω στο κρεβάτι του. Έπιασαν σφιχτά τα χέρια, με δάκρυα να τρέχουν και στα δύο μάτια. "Η μουσική, το κρασί, ο μεταμεσονύκτιος περίπατος κατά μήκος της παραλίας.... μετά..... Περάσαμε μια καταπληκτική νύχτα".

"Ήταν οι καλύτερες διακοπές της ζωής μας".

Την τράβηξε κοντά του, ακουμπώντας το κεφάλι της στον ώμο του. "Δεν θα ξεχάσουμε ποτέ τη Μαριούπολη. Θα μείνει στις αναμνήσεις μας. Με τις αναμνήσεις μας θα κρατήσουμε τη Μαριούπολη ζωντανή μέχρι να ξαναχτιστεί τούβλο με τούβλο".

"Ναι", ψιθύρισε. "Ναι. Οι αναμνήσεις έχουν αυτή τη δύναμη".

Παιδιά σε εμπόλεμη ζώνη

Το πρώτο πράγμα που είδε η Shaziya, ανάμεσα στα γυάλινα θραύσματα του παραθύρου, ήταν το οδοντωτό βουνό, που εξακολουθούσε να στέκεται όρθιο μετά από όλο αυτό το χάος. Έκλεισε τα μάτια της και τα άνοιξε ξανά. Ήταν ακόμα εκεί.

Πολύ αργά γύρισε το κεφάλι της. Έβλεπε μόνο τα δάχτυλα των ποδιών του νεκρού αδελφού της. Είχε καταφέρει να καλύψει το μεγαλύτερο μέρος του με ένα σεντόνι, αλλά τα πόδια του ψηλού όμορφου κορμιού του ξεχώριζαν.

Δεν είχε ιδέα γιατί οι άνθρωποι τσακώνονταν. Οι περισσότεροι χωρικοί είχαν φύγει ή είχαν σκοτωθεί. Ο πατέρας της είχε πει ότι θα πολεμούσε για να συνεχίσει να πηγαίνει στο σχολείο. Δεν επέστρεψε ποτέ. Η μητέρα είχε πεθάνει πριν θυμηθεί. Τώρα ο Faiz είχε φύγει. Μόνο το βουνό παρέμενε οικείο.

Είχε συρθεί κάτω από το σιδερένιο κρεβάτι όταν εισέβαλαν οι άνδρες. Έβαλε ένα μαξιλάρι στο στόμα της για να μην ουρλιάξει. Άκουσε βίαιες φωνές, πυροβολισμούς, κραυγές και μετά νεκρική σιωπή.

Όταν η σιωπή επεκτάθηκε, ήξερε ότι είχαν φύγει. Κούνησε δειλά το ένα πόδι, μετά το ένα χέρι, μετά το ντουρί που κρεμόταν στην άκρη του κρεβατιού. Αργά βγήκε από την κρυψώνα της για να σοκαριστεί από τη λίμνη αίματος που περιέβαλε τον αδελφό της.

Καταπνίγοντας τους λυγμούς της, τον σκέπασε γρήγορα με ένα σεντόνι και γύρισε πίσω στο καταφύγιό της κάτω από το κρεβάτι.

Της ήρθε στο μυαλό ότι δεν είχε πια οικογένεια. Εκτός αν ο πατέρας της ήταν κάπου ζωντανός. Αλλά πού; Θα μπορούσε να τον βρει; Οι λυγμοί ξέσπασαν από το στήθος της σαν χιονοστιβάδα. Ο φόβος και η θλίψη περιπλέκονταν. Τα δάκρυα έτρεχαν χωρίς να ξεσπάσει η θλίψη, ο φόβος γινόταν όλο και πιο έντονος καθώς η πραγματικότητα βυθιζόταν μέσα της. Τελικά, την πήρε ο ύπνος.

Και ξύπνησε με τα μάτια στραμμένα στο βουνό.

Όταν η Shaziya και ο Faiz πήγαιναν το μικρό κοπάδι με τις κατσίκες τους να βοσκήσουν στους πρόποδες του βουνού, έπρεπε να φύγουν πριν από την ανατολή του ήλιου για να φτάσουν στο λιβάδι όπου οι κατσίκες μπορούσαν να φάνε πλούσιο χορτάρι για να δώσουν πλούσιο κρεμώδες γάλα. Καθώς οι κατσίκες έβοσκαν, έπαιζαν κρυφτό ανάμεσα σε βράχους, μάζευαν μπλε πέτρες για να φτιάξουν κολιέ ή έτρεχαν ο ένας με τον άλλον να ανέβουν έναν λόφο. Καθώς η μέρα γινόταν πιο ζεστή, το βουνό τις σκίαζε από τον ήλιο.

Το καλοκαίρι η χιονισμένη βουνοκορφή έλιωνε για να πιάσουν ψάρια σε ένα ρυάκι που αναβλύζει. Ο Φαΐζ έβγαζε το τουρμπάνι του, το στροβίλιζε στο νερό που αναβλύζει και το σήκωνε με ένα τράνταγμα για να πιάσει τα ψάρια που σπαρταρούσαν. Η Shaziya μάζευε ξύλα για τη φωτιά στην οποία τηγάνιζαν τα ψάρια στη σκιά του μοναχικού, βαθιά ριζωμένου δέντρου banyan. Καθώς ο

Faiz επέστρεφε το βρεγμένο τουρμπάνι στο κεφάλι του, κρατούσε αποστάσεις παραπονούμενη ότι μύριζε βρώμα. Τώρα ο Faiz είχε φύγει. Δεν είχε ιδέα τι να κάνει με το σώμα του. Το χωριό ήταν έρημο. Ίσως οι γείτονες να είχαν κλειστεί μέσα όπως εκείνη. Πολύ φοβισμένοι για να μετακινηθούν. Είχε κανείς άλλος νεκρό αδελφό στο σπίτι;

Ένας αόριστος ήχος. Η Shaziya σκληρύνθηκε. Ένας συγκεκριμένος ήχος που πλησίαζε... και πλησίαζε... γρατζουνώντας τον τοίχο της. Ο φόβος κόλλησε στο λαιμό της. Καταπίνοντας τον στο στομάχι της, στηρίχτηκε στον έναν αγκώνα και σήκωσε προσεκτικά τα μάτια της για να κρυφοκοιτάξει από το ραγισμένο παράθυρο.

Ένα αγόρι, μικρότερο από την ίδια, που έδειχνε εξίσου φοβισμένο και χαμένο, έσερνε πίσω του έναν πολύχρωμο χαρταετό, με τη λάμψη να αντανακλάται στο γυαλιστερό χαρτί και να τον κάνει εμφανή. Ένας εύκολος στόχος.

Χωρίς να σταματήσει να σκέφτεται, η Shaziya άνοιξε την πόρτα και τον τράβηξε μέσα, καλύπτοντας το στόμα του με το χέρι της πριν προλάβει να φωνάξει. Και τα δύο παιδιά έτρεμαν. Ένιωσε τον παλμό της καρδιάς του καθώς του έκανε μια συνωμοτική χειρονομία για να σιωπήσει. Είχε τώρα έναν συν-επιζώντα.

Επιτέλους, το τρέμουλο του σταμάτησε. Πήρε το ποτήρι με το νερό από το χέρι της που κρατούσε ακόμα το σπάγκο του χαρταετού του, με την καχυποψία να φεύγει σιγά σιγά από τα μάτια του. Το όνομά του ήταν Μαχμούντ, από την άλλη άκρη του χωριού. Ήταν οκτώ ετών, τέσσερα χρόνια μικρότερος από εκείνη. Είχε χάσει και αυτός την οικογένειά του στη χθεσινοβραδινή επίθεση. Είχε βγει από το κατεστραμμένο σπίτι του ψάχνοντας για φαγητό, κρατώντας τον χαρταετό με τον οποίο είχε κερδίσει δύο τουρνουά τον περασμένο μήνα.

Η Shaziya έπρεπε να περάσει τον Faiz για να φτάσει στην κουζίνα, όπου το παλάου που είχε φτιάξει ο αδελφός της ήταν ακόμα στη σόμπα. Ο Mahmud άρχισε να τρέμει ξανά στη θέα του αίματος και του πτώματος στο πάτωμα. Η Shahziya έστρεψε απαλά το πρόσωπό του μακριά δίνοντάς του ένα μισογεμάτο τσίγκινο πιάτο, ξύνοντας την κατσαρόλα για να πάρει το τελευταίο κομμάτι ρύζι και αρνί για τον εαυτό της.

Άπλωσε το ντουρί στο πάτωμα και κάθισε. Προτίμησε μια γωνιά πιο κοντά στο τρόπαιο του. Το φως του ήλιου πάνω στον χαρταετό έριχνε ένα πολύχρωμο μωσαϊκό στον τοίχο παλεύοντας να φτιάξει το κέφι των παιδιών αλλά πριν προλάβουν να χαμογελάσουν, άκουσαν έναν άλλο ήχο. Ένα γδούπο, ένα γδούπο ποδιών, ένα άλλο γδούπο, βαριά αναπνοή. Πλησίαζαν όλο και πιο κοντά. Και πάλι, η Shaziya τοποθετήθηκε κάτω από το ραγισμένο παράθυρο, ενώ ο Mahmud σύρθηκε από κοντά της. Δεν μπορούσαν να δουν κανέναν, αλλά ο ήχος της βαριάς αναπνοής έγινε ευδιάκριτος.

Μια σκιά πήρε τη μορφή ενός ψηλού άνδρα με τη μακριά κάνη ενός όπλου. Η Shaziya αγκομαχούσε, πιέζοντας γρήγορα μια παλάμη στο στόμα του Mahmud για να τον εμποδίσει να κλάψει δυνατά. Εκείνος έτρεμε σαν φύλλο σε μια μέρα με αέρα, σφίγγοντας σφιχτά το χέρι της.

Πριν από λίγα λεπτά, ήταν άγνωστοι. Τώρα ήταν κολλημένοι μεταξύ τους σαν να ήταν φίλοι μιας ζωής.

Με τα επόμενα βήματα, ο άντρας ήρθε στο προσκήνιο. Τα ματωμένα ρούχα του ήταν γεμάτα λάσπη. Ένα ίχνος αίματος ακολουθούσε. Η αναπνοή του ήταν μια πάλη από λαχάνιασμα. Ο πόνος γέμιζε τα μάτια του καθώς στηριζόταν βαριά στην κάννη του όπλου του, χρησιμοποιώντας την ως δεκανίκι.

Ο Μαχμούντ έγινε υστερικός στη θέα του τεράστιου όπλου. Σφίγγοντας τη Shaziya γύρω από τη μέση έθαψε το πρόσωπό του στο στομάχι της βρέχοντας το παντελόνι του, κλαίγοντας ανεξέλεγκτα. Καθώς οι γουργουρητοί ήχοι έφτασαν στον άνδρα, τα γεμάτα φόβο μάτια του μεγάλωσαν και πέταξε το όπλο, σηκώνοντας τα χέρια σε μια χειρονομία παράδοσης. Χωρίς στήριξη το σώμα του σωριάστηκε στο έδαφος.

Η Shaziya συνειδητοποίησε ότι το όπλο θα μπορούσε να είναι η σωτηρία τους - αν μπορούσαν να το πάρουν στην κατοχή τους. Βρισκόταν σε απόσταση αναπνοής από τον άνδρα, αλλά το πρόσωπό του ήταν στραμμένο μακριά. Θα μπορούσε να....τολμήσει.... να το πάρει;

Η ιδέα ήταν τρομακτική, αλλά έπρεπε να πάρει το ρίσκο. Θα μπορούσε να σώσει τις ζωές τους. Απαγκιστρώθηκε από τον κλαψιάρη Μαχμούντ, τον έβαλε να καθίσει δίπλα στον κοκκινοκίτρινο χαρταετό του και άνοιξε αργά μια λεπτή σχισμή στην πόρτα. Το ίχνος του αίματος ήταν σε απόσταση αναπνοής, αλλά όχι ο άνθρωπος. Ούτε το όπλο του. Θα έπρεπε να βγει στο δρόμο. Τόλμησε να κάνει αυτό το επικίνδυνο βήμα; Κι αν ο άντρας άρπαζε το όπλο και την πυροβολούσε;

Αργά έσπρωξε την πόρτα. Οι μεντεσέδες της που έτριζαν τρόμαξαν τόσο την ίδια όσο και τον τραυματισμένο άντρα. Η Shaziya τραβήχτηκε πίσω, χτυπώντας την πόρτα.

"Νερό", φώναξε ο τραυματισμένος άντρας με τρεμάμενη φωνή. Η Shaziya δεν κουνήθηκε. "Νερό", φώναξε ξανά, με τη φωνή του να γδέρνει. Με τρεμάμενα χέρια, γέμισε ξανά το ποτήρι που είχε δώσει στον Μαχμούντ, άνοιξε την πόρτα και βγήκε στο φως του ήλιου κρατώντας το ποτήρι. Η καρδιά της φτερούγιζε, αλλά η αποφασιστικότητά της να πάρει το όπλο ήταν ισχυρότερη.

Χρειάστηκαν έντεκα βήματα για να φτάσει στον άντρα. Τα τρεμάμενα γόνατα έκαναν το νερό να χυθεί στους καρπούς της. Κρατούσε τα μάτια της μακριά από το ματωμένο πρόσωπο του άντρα. Τα εστίασε στο όπλο που βρισκόταν μόλις ένα μέτρο μακριά του. Καθώς τον έφτανε, έσκυψε με το ποτήρι.

Το νερό χύθηκε από το τρεμάμενο χέρι του άντρα. Σχεδόν μισοάδειασε πριν φτάσει στα χείλη του. Καταπολεμώντας τον φόβο, η Shaziya πήρε το ποτήρι και έχυσε νερό στο στόμα του, γουλιά-γουλιά. Εκείνος κατάπιε με ευγνωμοσύνη. Καθώς έφτασε στο τελευταίο ποτήρι, πέταξε το ποτήρι, άρπαξε το όπλο του, έτρεξε μέσα στο σπίτι και χτύπησε την πόρτα.

Για μια στιγμή ο άντρας κοίταξε μπερδεμένος και μετά ξέσπασε σε γέλια. "Δεν έχει σφαίρες", φώναξε. "Αλλά μπορείς να το πουλήσεις".

Ύστερα έπεσε νεκρός, με τα μάτια του να γυαλίζουν από το γυμνό βουνό.

Ζώντας ως εξόριστοι

Πέντε σειρές από αμπέλια έλαμπαν στο απογευματινό φως, με παχουλές κόκκινες ντομάτες να κρέμονται από τις κληματίδες. Οι μισοώριμες χρειάζονταν άλλη μια εβδομάδα ηλιακού φωτός. Ο Ντόρτζε μάζεψε προσεκτικά τις ώριμες ντομάτες στο αχυρένιο καλάθι του. Οι υπόλοιπες θα περίμεναν.

Περπάτησε γύρω από τον λαχανόκηπό του μαζεύοντας δύο μεγάλες πιπεριές, μερικούς λοβούς μπιζελιού, ένα μπρόκολο. Το καλάθι του ήταν αρκετό για το βραδινό γεύμα. Πήγε στο σπίτι του ευχαριστώντας το γόνιμο ορεινό έδαφος για την καλή σοδειά.

Το σπίτι του, στην πλαγιά ενός πευκόφυτου βουνού που καλύπτεται από χιόνι, ήταν νοικιασμένο. Έπρεπε να διαφωνήσει με τον ιδιοκτήτη του για να του επιτραπεί να εγκαταστήσει το Nazar Katta Mahakal πάνω από την είσοδό του. Οι Θιβετιανοί πίστευαν ότι η μεγάλη μεταλλική μάσκα ενός τρομακτικού κεφαλιού με τρία διογκωμένα μάτια και πέντε κρανία που ξεπηδούσαν από πάνω, προστάτευε τους κατοίκους από το κακό. Ο Dorje την άγγιζε με σεβασμό κάθε φορά που έμπαινε στο σπίτι.

Πολύχρωμες λουστραρισμένες τοιχογραφίες από τοίχο σε τοίχο διακοσμούσαν το σαλόνι με περίτεχνα σχέδια λουλουδιών και ζώων. Κατά μήκος του τοίχου υπήρχαν σεντούκια με ορειχάλκινα γλυπτά, πάνω από τα οποία ένα πορτρέτο του Δαλάι Λάμα παρατηρούσε το δωμάτιο. Ένα χαμηλό τραπέζι στον απέναντι τοίχο κρατούσε μπολ διαφόρων μεγεθών. Ένα χοντρό μάλλινο χαλί απλωνόταν στο πάτωμα.

Ο Dorje πέρασε από το σαλόνι στην κουζίνα και άρχισε να κόβει λαχανικά για τα momos και την thukpa. Το κομματιασμένο κοτόπουλο και η τσάμπα ήταν έτοιμα από το πρωί. Σε μισή ώρα ο Lhamo θα επέστρεφε στο σπίτι. Αρκετός χρόνος για να τελειώσει το μαγείρεμα και να χαλαρώσει με ζεστό τσάι βουτύρου.

Είχε σχεδόν τελειώσει, όταν εκείνη μπήκε μέσα θυμωμένα χωρίς να υποκλιθεί στη μάσκα ή να σκουπίσει τα πόδια της στην πόρτα. "Δεν πάω στο σχολείο από αύριο!" ανακοίνωσε επιθετικά.

"Τι συνέβη;" ρώτησε ο παππούς της.

"Τσινγκ-τσινγκ, τσινγκ-τσινγκ... πρέπει να ακούω τις γατοφωνάρες της Μάγια κάθε μέρα! Δεν μπορώ να αποφύγω το σπίτι της. Είναι στους πρόποδες του βουνού".

"Η Μάγια είναι απλώς ένα παιδί", σκέφτηκε ο Ντόρτζε.

"Είναι δεκατριών ετών! Τόσο μεγάλη όσο κι εγώ! Της το έχω πει τόσες πολλές φορές. Είμαστε Θιβετιανοί. Η Κίνα μας στέρησε τη χώρα μας. Δεν μπορείτε να μας λέτε Κινέζους! Πονάει!"

"Οι εξόριστοι πρέπει να είναι ανθεκτικοί για να αντιμετωπίζουν τις δυσκολίες", είπε αργά ο Ντόρτζε, καθώς πρόσθετε σάλτσα στο θούκπα στο μπολ της. "Αυτό είναι που μας κάνει δυνατούς. Θυμηθείτε τις δυσκολίες που αντιμετώπισε η γενιά μου δραπετεύοντας από το Θιβέτ".

Ο Λάμο έκανε μια γκριμάτσα από εκνευρισμό. Ο παππούς της ήταν περήφανος που θυμόταν κάθε λεπτομέρεια εκείνου του επικίνδυνου ταξιδιού πριν από μισό αιώνα, αλλά κάθε φορά που εκείνη είχε μια δυσάρεστη εμπειρία, της έλεγαν να την ξεχάσει.

Ο Ντόρτζε ήταν μόλις τριών ετών όταν οι γονείς του ήταν μεταξύ της συνοδείας που συνόδευε τον νεαρό Δαλάι Λάμα για να διαφύγει από την κινεζική εισβολή. Ένα μαντείο είχε χαράξει μια ασφαλή διαδρομή. Διέσχισαν τα χιονισμένα βουνά μεταμφιεσμένοι σε αξιωματικούς του κινεζικού στρατού που κινούνταν υπό την κάλυψη της νύχτας, διασχίζοντας τον παγωμένο Μπραχμαπούτρα με μικροσκοπικές βάρκες, καταφεύγοντας σε μοναστήρια τα ξημερώματα. Ο πατέρας του Ντόρτζε είχε αγκαλιάσει τον γιο του στις πτυχές του γκρίζου τσουμπά του από μαλλί γιακ. Με το κεφάλι καλυμμένο με γούνα, ο Dorje ένιωθε την καρδιά του πατέρα του να χτυπάει στο μάγουλό του καθώς περπατούσαν μέσα από το χιόνι που είχε φτάσει μέχρι το γόνατο.

Ακόμη και μετά από πενήντα χρόνια ο Dorje θα ξαναζούσε αυτό το ιστορικό ταξίδι για να το εμπεδώσει στο μυαλό του Lhamo. Κανένας Θιβετιανός δεν έπρεπε να ξεχάσει την όμορφη χώρα που αναγκάστηκαν να εγκαταλείψουν. Κανένας Θιβετιανός δεν θα έπρεπε να εγκαταλείψει τη γλώσσα, τα έθιμα ή τον πολιτισμό του. Ο Lhamo γράφτηκε σε ένα σχολείο που διοικείτο από το Συμβούλιο Θιβετιανής Εκπαίδευσης του Δαλάι

Λάμα, όπου μιλούσαν στα θιβετιανά, διατηρούσαν τα θιβετιανά έθιμα, ενώ μελετούσαν μαθηματικά, φυσική, χημεία.

Ο Dorje είδε το θυμωμένο βλέμμα στο πρόσωπό της καθώς έβαλε αχνιστή thukpa σε ένα μπολ και της το έδωσε, περιμένοντας να χαλαρώσει. Εκείνη ρουφούσε τη σούπα κοτόπουλου-λαχανικών βουτώντας μέσα μια μπάλα τσαμπά. Χωρίς να κοιτάξει τον παππού της, άπλωσε το μπολ για μια δεύτερη μερίδα. Εκείνος χαμογέλασε. Η σούπα τη ζέσταινε εσωτερικά και εξωτερικά.

Ο Ντόρτζε είχε τελειώσει τη δική του θούκπα στα μισά του δρόμου, όταν εκείνη ανακοίνωσε: "Μισώ τη Μάγια!".

Ξαφνιασμένος κατέβασε το κουτάλι του στο μπολ, σταθεροποιώντας τα μάτια του πάνω της. "Μισώ...; Η Αγιότητά του δεν θα το ενέκρινε. Οι Θιβετιανοί δεν μισούν".

"Εγώ μισώ!" επανέλαβε ο Λάμο αγενώς. "Μισώ τη Μάγια! Γιατί δεν μπορεί να θυμηθεί ότι η Κίνα είναι εχθρός μας".

"Καταπιεστής. Όχι εχθρός", διόρθωσε ο Ντόρτζε.

"Όπως κι αν τους αποκαλείς!" αναφώνησε ο Λάμο εκνευρισμένος. Η παθητικότητα των μεγαλύτερων είχε αρχίσει να εκνευρίζει τον έφηβο. "Ο "δικός μας τρόπος συμπεριφοράς" μας στέρησε τη χώρα μας εδώ και εβδομήντα χρόνια. Αν κάποιος μας καταπιέζει, πρέπει να αντισταθούμε". Ο Ντόρτζε κούνησε αποδοκιμαστικά το κεφάλι του

Σηκώθηκε απότομα, πήγε στην κουζίνα και έπλυνε το μπολ της. Σκουπίζοντας τα χέρια της σε ένα πανί πιάτων ανακοίνωσε: "Η Μάγια έχει μια μεγάλη χοντρή μύτη. Θα την αποκαλώ πατατομύτη". Πριν προλάβει να αντιδράσει ο Ντόρτζε, εξαφανίστηκε σε ένα εσωτερικό δωμάτιο.

Πριν από δύο χρόνια, η κόρη του έφυγε με τον σύζυγό της για την Αυστραλία, αφήνοντας τη Lhamo με τον παππού της για να την κρατήσει κοντά στις ρίζες της. Θα συναντούσε τους γονείς της μετά την ολοκλήρωση του σχολείου. Ο Dorje λυπήθηκε που η κόρη του είχε πάρει ινδικό διαβατήριο. Τα ταξίδια με το μελλοντικό διαβατήριο του Θιβέτ, που εκδίδεται από την εξόριστη κυβέρνηση του Θιβέτ, ήταν πολύ περίπλοκα, προκαλώντας ατελείωτες καθυστερήσεις στα αεροδρόμια. Λυπήθηκε που πολλοί νέοι Θιβετιανοί έπαιρναν τον εύκολο δρόμο.

Τους πρώτους μήνες η Πέμο αισθανόταν παρείσακτη σε μια ξένη χώρα, περιτριγυρισμένη από ανθρώπους που ούτε έμοιαζαν ούτε μιλούσαν όπως εκείνη. Έγραφε στο σπίτι της κάθε μέρα στέλνοντας φωτογραφίες που ήταν σε πλήρη αντίθεση με τη ζωή στα βουνά τους. Ο Ντόρτζε αιφνιδιάστηκε από το τεράστιο μέγεθος του ωκεανού που δεν είχε ξαναδεί, ξαφνιάστηκε που ημίγυμνοι άνδρες και γυναίκες, χαζεύανε στην παραλία. Αλλά ο Lhamo κοιτούσε με δέος τους φαρδείς δρόμους με τα ψηλά κτίρια, τα φανταχτερά εμπορικά κέντρα, τους κινηματογράφους, τα παγωτατζίδικα.

Σοκαρίστηκε τελείως όταν λίγους μήνες αργότερα η Πέμο έστειλε φωτογραφίες της ντυμένης με τζιν και ένα ροζ λουλουδάτο πουκάμισο. Έφυγαν τα μακριά πλεγμένα μαλλιά της πλεγμένα με πολύχρωμο μαλλί. Έφυγε η παραδοσιακή φούστα με την ποδιά με τα μπαλώματα που φορούσε πάντα. Ο Dorje μόλις και μετά βίας αναγνώριζε τη δική του κόρη, με τα μαλλιά κομμένα κομψά, βαμμένα κοκκινοκάστανα. Τα δάκρυα θολώνουν τα μάτια του και απομακρύνεται από τον φορητό υπολογιστή, με την υπόσχεση να μην ξαναδεί οικογενειακές εικόνες από την Αυστραλία.

Αλλά η Lhamo εντυπωσιάστηκε από τη σύγχρονη γυναίκα που γινόταν η μητέρα της. Ο πατέρας της κέρδιζε καλά, είχαν αγοράσει ένα μεγάλο διαμέρισμα με θέα στη θάλασσα, πήγαιναν σε φανταχτερά εστιατόρια, δοκίμαζαν εξωτικά φαγητά. Ανυπομονούσε να τελειώσει το σχολείο και να τους ακολουθήσει. Εν τω μεταξύ, έπρεπε να ζει με τον γερο-παππού της, που ήταν πάντα κολλημένος στο παρελθόν. "Το παρελθόν τελείωσε! Σκέψου το μέλλον! Πρέπει να συνεχίσουμε τη ζωή μας", υποστήριζε, για να συναντήσει την πέτρινη σιωπή.

Η Dorje δεν εξεπλάγη από τον σημερινό θυμό της Lhamo. Κάθε Θιβετιανός βίωνε τις γατοφωνάρες, μερικές φορές παιχνιδιάρικες όπως της Μάγια, αλλά συχνά κακόβουλες. Όταν ήταν στο Πανεπιστήμιο, είχε θελήσει κι αυτός να ανταποδώσει, αλλά τον είχε προειδοποιήσει ο πατέρας του. "Είμαστε φιλοξενούμενοι στην Ινδία. Δεν πρέπει να είμαστε επιθετικοί με τους οικοδεσπότες μας".

Η εγγονή του αντέκρουσε αυτό το σκεπτικό με ένα κούνημα του κεφαλιού της. "Εγώ γεννήθηκα εδώ, η μητέρα μου γεννήθηκε εδώ. Πώς μπορούμε να είμαστε φιλοξενούμενοι!" ανταπάντησε.

"Είμαστε φιλοξενούμενοι που έχουν μείνει παραπάνω από όσο έπρεπε. Η Ινδία θα μπορούσε να μας είχε πετάξει έξω".

"Αυτό θα τους έδινε κακό όνομα. Είμαστε καλές δημόσιες σχέσεις για την Ινδία"

"Πρέπει να είμαστε ευγνώμονες που έχουμε ένα σπίτι. Κοιτάξτε πώς υποφέρουν σήμερα οι πρόσφυγες σε όλο τον κόσμο". Αυτό κράτησε τον Lhamo σιωπηλό.

Ο Dorje καθάρισε την κουζίνα και μετά βγήκε έξω. Τον είχε ενοχλήσει το γεγονός ότι ο Lhamo είχε χρησιμοποιήσει τη λέξη "μίσος". Αυτό πήγαινε αντίθετα με τις διδασκαλίες της Αγιότητάς του. Δεν την είχε ξανακούσει να τη χρησιμοποιεί και ήλπιζε να μην την ξαναχρησιμοποιήσει ποτέ. Αλλά φυσικά, θα μπορούσε.

Ο ήλιος είχε αρχίσει την κάθοδό του, αιωρούμενος ακριβώς πάνω από το βουνό χαρίζοντας στις χιονισμένες κορυφές μια λάμψη που μετέτρεπε την κοιλάδα σε ένα λαμπερό θέαμα. Σπίτια με κόκκινες στέγες ήταν διάσπαρτα ανάμεσα σε μυτερά πεύκα. Ένας νεαρός άνδρας με πράσινο πουκάμισο έσπρωχνε αποφασιστικά τα πετάλια του ποδηλάτου στην πλαγιά. Γαϊδουράκια φορτωμένα με αποσκευές σκόνταφταν πίσω του. Ήταν ακόμα νωρίς για να ανεβαίνουν οι βραδινές μυρωδιές στην ανηφόρα.

Στεκόταν στον τοίχο από ανώμαλες πέτρες κολλημένες μεταξύ τους με λάσπη, με τη ζεστή λάμψη του ηλιοβασιλέματος να αντανακλά την ομορφιά των βαθυπράσινων πεύκων. Τα δέντρα, σπίτι πουλιών, σκίουρων, μυρμηγκιών, υποστηρίζουν διάφορα είδη εντόμων χωρίς συγκρούσεις. Γιατί δεν μπορούν και οι άνθρωποι να αποδεχτούν και να σεβαστούν τις διαφορές. Να ζουν και να αφήνουν να ζουν όπως οι κάτοικοι των δέντρων, αναστέναξε.

Σιγά σιγά τσαλαβούτησε μέσα στο σπίτι, προς τα μπολ που θα τον ηρεμούσαν. Επιλέγοντας ένα μεγάλο μεταλλικό μπολ με χαραγμένο έναν ταύρο, πήρε το μικρό ξύλινο σφυρί δίπλα του. Απαλά άρχισε να περιστρέφει το σφυρί γύρω από το χείλος του μπολ. Ήπιοι ήχοι έβγαιναν, απαλοί στην αρχή, καδένες που ανέβαιναν σε υψηλότερες οκτάβες καθώς οι περιστροφές του Ντόρτζε γίνονταν πιο γρήγορες. Έκλεισε τα μάτια του, αφήνοντας τους γλυκύτατους ήχους να εισχωρήσουν μέσα του. Σύντομα το δωμάτιο αντηχούσε από μουσικούς ήχους, δονήσεις που αιωρούνταν με ρεύματα αέρα σε όλο το σπίτι. Ο Ντόρτζε συνέχισε το ρυθμό για λίγο, μετά η περιστροφική του κίνηση επιβραδύνθηκε. Οι δονήσεις έγιναν πιο ήπιες και μετά απομακρύνθηκαν.

Ήταν ένα από τα Singing Bowls που είχε μεταφέρει ο πατέρας του από το Θιβέτ πριν από μισό αιώνα. Ο νεαρός Ντόρτζε είχε μάθει ότι τα θεραπευτικά κύπελλα είναι φτιαγμένα από επτά μέταλλα που ευθυγραμμίζονται με τα επτά τσάκρα του ανθρώπινου σώματος. Το εβδομήντα τοις εκατό του ανθρώπινου σώματος αποτελείται από νερό, είχε εξηγήσει ο πατέρας του. Δεδομένου ότι το νερό απορροφά τις ηχητικές δονήσεις σε διαφορετικούς τόνους, αυτές οι δονήσεις φέρνουν ανακούφιση από το στρες, το άσθμα, σταθεροποιούν την αρτηριακή πίεση.

Ο Ντόρτζε εγκαταστάθηκε στην αναπαυτική πολυθρόνα του και άνοιξε λακωνικά την τηλεόραση. Εξακολουθούσε να σερφάρει στα κανάλια όταν μπήκε η Λάμο κρατώντας το ανοιχτό φορητό της υπολογιστή. "Δες αυτό το μήνυμα από τη Μόμο-λα", είπε δίνοντας τον φορητό υπολογιστή στον παππού της.

Έγινε επιφυλακτικός. "Κι άλλη φωτογραφία;" Η Lhamo κούνησε το κεφάλι της. "Νέα εμπειρία".

Η Πέμο έγραψε ότι στεκόταν στο μπαλκόνι της, όταν μια γυναίκα με φούστα και μπλούζα, αλλά με καθαρά ανατολίτικα χαρακτηριστικά, πέρασε από δίπλα της με ένα μικρό παιδί. Δεν είχε δει ποτέ Ασιάτες στη γειτονιά τους. Δεν θα ήταν ωραίο να συναντήσει μια Ασιάτισσα μετά από τόσο καιρό, έγραψε ενθουσιασμένη.

Αυτό έκανε τον Dorje να χαμογελάσει. Εκατοντάδες χιλιόμετρα μακριά η κόρη του εξακολουθούσε να νοσταλγεί τις ρίζες της. Ήταν η γυναίκα από την Ταϊλάνδη; Από την Ιαπωνία; Καμπότζη; Ήλπιζε ότι η γυναίκα ήταν Θιβετιανή για να μπορεί η Πέμο να μιλάει τη δική τους γλώσσα.

Για πάνω από μια εβδομάδα δεν υπήρχε καμία αναφορά για την ανατολίτισσα γυναίκα. Τότε, καθώς πήγαινε στο κέντρο με το λεωφορείο, η ανατολίτισσα μπήκε και πήρε τη θέση δίπλα στην Πέμο. Χαμογέλασαν, συμπατριώτες σε μια ξένη χώρα. Η Πέμο μετακινήθηκε ελαφρώς για να δώσει περισσότερο χώρο στη γυναίκα. "Γεια σας", είπε εκείνη.

"Ni hao" απάντησε η γυναίκα, απευθυνόμενη στην Pemo σε μια άγνωστη γλώσσα.

"Από πού είσαι;" ρώτησε η Πέμο στα αγγλικά.

"Κίνα", απάντησε η γυναίκα. "Κι εσύ;"

Ο Pemo γύρισε απογοητευμένος. "Είμαι από το Θιβέτ, το οποίο η χώρα σας κατέχει εδώ και εβδομήντα χρόνια" είπε απότομα.

Και οι δύο γυναίκες έγιναν άκαμπτες, κοιτάζοντας έξω από τα παράθυρα, ενώ η σιωπή έσπασε μόνο από τους ήχους της κυκλοφορίας και το λαρυγγικό καθάρισμα του λαιμού του από έναν άντρα πίσω τους. Η επόμενη στάση του λεωφορείου ήταν απέναντι από ένα σχολείο. Παιδιά με σακίδια επιβιβάστηκαν φλυαρώντας. Μια κακοφωνία από τσιριχτές φωνές επιτέθηκε στα τύμπανα των αυτιών.

Έφηβα αγόρια πήραν τη θέση στον απέναντι διάδρομο, τρεις στριμώχνοντας μια θέση για δύο. Ο Πέμο τους πρόσεξε να χαμογελούν και να χειρονομούν προς τις ανατολίτισσες. Στην αρχή ψιθύριζαν, μετά ξέσπασαν σε χαχανητά "Τσιν-τσιν" ο Πέμο άκουσε ένα αγόρι να καγχάζει πίσω από ένα χέρι που είχε σηκώσει πάνω από το στόμα του.

"Όχι, Τσινγκ-τσονγκ..." απάντησε ο φίλος του.

"Τσινγκ-τσινγκ, Τσινγκ-τσινγκ".

"Όχι, Τσινγκ-Τσονγκ, Τσινγκ-Τσονγκ".

Χασκογελούσαν ανοιχτά τώρα, αδιαφορώντας για τον αντίκτυπο στις δύο γυναίκες. Ο Πέμο σηκώθηκε όρθιος. "Είμαι Θιβετιανή, όχι Κινέζα. Δεν ξέρετε τη διαφορά;" είπε δυνατά στα αγγλικά. Τα αγόρια αιφνιδιάστηκαν, καταπνίγοντας τα χαχανητά τους με ειρωνικές ματιές μεταξύ τους.

Η Κινέζα σηκώθηκε επίσης όρθια. "Υπάρχει κάποιο πρόβλημα με το να είσαι Κινέζος;", απαίτησε.

Τα αγόρια έμειναν άναυδοι. "Συγγνώμη. Χωρίς παρεξήγηση" μουρμούρισε ο ένας σκύβοντας στη θέση του.

Ο άντρας πίσω τους παρενέβη. "Τι συμβαίνει;"

"Αυτά τα αγόρια με προσβάλλουν", είπε ο Λάμο.

"Και εμένα", πρόσθεσε η Κινέζα.

"Μιλούσαμε μεταξύ μας, όχι τους προσβάλλαμε", ανταπάντησε ένα από τα αγόρια.

"Ελεύθερος λόγος. Εδώ είναι Αυστραλία", ξεσπάθωσε ένας άλλος.

"Η ελευθερία του λόγου δεν σημαίνει ότι μπορείτε να προσβάλλετε τους ανθρώπους", σκέφτηκε ο άνδρας.

"Εμείς δεν προσβάλαμε. Αντιδρούν υπερβολικά".

Τι είπαν τα αγόρια;" ρώτησε ο άνδρας τον Πέμο.

"Ρωτήστε τους".

"Τσινγκ-τσινγκ, τσινγκ-τσινγκ, τσινγκ-τσινγκ, τσινγκ-τσινγκ-τσινγκ", μιμήθηκαν τα αγόρια και πάλι ξεσπώντας σε γέλια. "Αυτό είναι προσβολή!"

Ο άντρας άρχισε να γελάει. "Ακούγεται σαν τραγούδι. Σας προσέβαλε ένα τραγούδι, κυρίες μου;"

Ο Πέμο και η Κινέζα κοίταξαν ο ένας τον άλλον. Γιατί αυτός ο άντρας συγχωρούσε τα αγόρια; Τι αναισθησία!

Μήπως ήταν έλλειψη επίγνωσης; Πολιτιστική σύγκρουση; Βρίσκονταν στη χώρα αυτών των ανθρώπων. Τι θα μπορούσαν να κάνουν;

"Οι φωνές πονάνε. Τις αντιμετωπίζουμε παντού", είπε ο Πέμο αμυντικά.

"Οι Κινέζοι αντιμετωπίζουν το ίδιο πρόβλημα. Γιατί θα έπρεπε να ντρεπόμαστε για τα μάγουλά μας".

Ο Πέμο στράφηκε άγρια προς το μέρος της. "Έχουμε τα ίδια μάτια. Αλλά εγώ είμαι Θιβετιανή. Η Κίνα κατέχει τη χώρα μου εδώ και εβδομήντα χρόνια. Είναι οδυνηρό να με μπερδεύουν με τους Κινέζους".

"Εβδομήντα χρόνια!" Ένα αγόρι κοίταξε έκπληκτο. "Γιατί δεν τους πετάς έξω;"

"Το Θιβέτ είναι μια μικρή χώρα που αγαπάει την ειρήνη. Η Κίνα έχει ισχυρό στρατό. Δεν μπορούμε να τους πολεμήσουμε".

Η Κινέζα φαινόταν αμήχανη. "Είμαι Κινέζα, αλλά δεν έχω καμία σχέση με τον στρατό. Είμαι νοικοκυρά και θέλω μια αξιοπρεπή ζωή για την οικογένειά μου".

Τα αγόρια είχαν σιωπήσει, μπερδεμένα με την τροπή που είχε πάρει ο υποτιθέμενα ακίνδυνος αστεϊσμός τους. Ο άντρας κοίταξε προσεκτικά τα πρόσωπά τους. "Πρέπει να διαβάζετε εφημερίδες, να είστε ενήμεροι για τα σύγχρονα γεγονότα", τους είπε αυστηρά. "Ζητήστε συγγνώμη που προσβάλατε αυτές τις κυρίες".

Τα αγόρια ανακάτεψαν αμήχανα και μετά ένας από αυτούς ψιθύρισε "Συγγνώμη" τόσο σιγά που κανείς δεν

άκουσε. Ένας άλλος ροχάλισε λέγοντας. "Αντίο. Είναι η στάση του λεωφορείου μου".
Ο άντρας φάνηκε αναστατωμένος. Ο Πέμο και η Κινέζα κάθισαν και τον αγνόησαν.
"Έχουμε γίνει απάτριδες επειδή η χώρα μας είναι κατεχόμενη από τη δική σας", αναστέναξε ο Pemo. "Παντού μας προσβάλλουν". Η Κινέζα έγνεψε. "Αποκαλούν 'κίτρινα δέρματα'. Δεν μας αρέσει αυτό".
Η κουρτίνα της σιωπής έπεσε ξανά. Καθώς το λεωφορείο περνούσε από ένα άλσος ευκαλύπτων, η Πέμο που καθόταν στον διάδρομο, παρατήρησε ότι τα νύχια της Κινέζας ήταν βαμμένα στην ίδια ροζ απόχρωση με τα δικά της. Και οι δύο ήταν ντυμένες με δυτικά ρούχα - ο Πέμο με τζιν και μπλουζάκι, η Κινέζα με μαύρο παντελόνι και μπλε πουκάμισο. Ξαφνικά η Κινέζα ρώτησε: "Μαγειρεύεις νουντλς;".
"Ναι, φυσικά", απάντησε η Πέμο.
"Από πού αγοράζετε κινέζικα νουντλς; Δεν έχω καταφέρει να τα βρω".
"Υπάρχει ένα κατάστημα στο κέντρο της πόλης που έχει εισαγόμενα πράγματα. Αγοράζω ινδικά μπαχαρικά. Έχουν και κινέζικα πράγματα. Έλα μαζί μου".
Το κεφάλι του Dorje κολυμπούσε καθώς επέστρεφε το φορητό υπολογιστή στον Lhamo. Η κόρη του να γίνεται φίλη με έναν Κινέζο...! Δύσκολο να το καταπιεί. Αλλά ήταν λάθος; Δύο Ασιάτες σε μια ξένη χώρα. Και οι δύο πιο εξοικειωμένοι με τα νουντλς παρά με τους αστούς. Και οι δύο ευάλωτοι στις ψαλμωδίες Τσινγκ-Τσονγκ. Και οι δύο θα μπορούσαν να χρησιμοποιήσουν έναν φίλο από

ένα οικείο μέρος του πλανήτη. Θα έπρεπε η πολιτική να τους κρατήσει μακριά; Εκείνο το βράδυ, καθώς ο Ντόρτζε έκανε τη βόλτα του στον κήπο, τα αστέρια φάνηκαν πιο φωτεινά από το συνηθισμένο. Ήταν μια κρύα, ανέφελη νύχτα με το φεγγάρι να χρωματίζει μπλε τις κορυφές του χιονιού. Μια λεπτή μεμβράνη ομίχλης θόλωνε τα περιγράμματα των σπιτιών από κάτω. Ο Λάμο είχε πάει για ύπνο. Ένα αμυδρό φως εξακολουθούσε να λάμπει από το παράθυρό της.
Οι σκέψεις στριφογύριζαν στο κεφάλι του Ντόρτζε σαν κουνούπια στο σκοτάδι. Η Αγιότητά του υποστήριζε ότι ο διάλογος είναι ο μόνος τρόπος επίλυσης των προβλημάτων. Οι φιλίες δημιουργούν χώρο για διάλογο. Οι διδασκαλίες της Αγιότητάς του αφορούσαν την αγάπη για τους συνανθρώπους, αλλά μπορείς να αγαπήσεις εκείνους που σε έχουν διώξει από την πατρίδα σου; Κατέστρεψαν τον πολιτισμό σου; Πρέπει να ξεχάσουμε τα βάσανα των προγόνων μας; Ήταν μετά τα μεσάνυχτα, όταν το κρύο εισχώρησε στα κόκκαλά του και αποσύρθηκε σε ένα άυπνο κρεβάτι.

Το επόμενο πρωί ο Lhamo σηκώθηκε νωρίς. Είχε φτιάξει τσάι βουτύρου για τον Dorje και το μετέφερε στο χωράφι με τα λαχανικά όπου πότιζε τα φυτά του. Ακουμπισμένη στο κούτσουρο ενός δέντρου ρώτησε τον παππού της: "Να καλέσω τη Μάγια στη σχολική μας συναυλία. Να δει πόσο καλά χορεύουμε;"

Η αλλαγμένη της διάθεση έκανε τον Ντόρτζε να χαμογελάσει. "Πολύ καλύτερα από το να την αποκαλείς πατατομύτη!"

Ο Λάμο χαχάνισε. "Αν η Μόμο-λα μπορεί να γίνει φίλη με μια Κινέζα, θα πρέπει να γίνω φίλη και με μια άτακτη Ινδή, na;
Το χαμόγελο του Dorje διευρύνθηκε καθώς την αγκάλιασε. "Αν γίνετε φίλοι, θα σταματήσει να λέει ching-chong".
Έτρεξε προς τα κάτω.

Μετά τον πόλεμο

"Ώστε αυτή είναι η περίφημη γέφυρα Stari του Μόσταρ", σκέφτηκε ο Ανδρέας, με τα χέρια στο πέτρινο κιγκλίδωμα του δέκατου έκτου αιώνα, καθώς κοίταζε το ποτάμι που αναβλύζει από κάτω. Η σιλουέτα του, σπασμένη σε οδοντωτές γραμμές από τη ροή, τον κοίταζε πίσω.

Ήταν μόνος του στην κορυφή της γέφυρας. Μια παρέα τουριστών διαφωνούσε με έναν ψηλό, αδύνατο άντρα στην αριστερή όχθη. Ο άντρας κούνησε αρνητικά το κεφάλι του. Εντοπίζοντας τον Άντριου τους άφησε απότομα και βάδισε προς το μέρος του.

"Δίνουν δεκαοκτώ ευρώ για τις βουτιές. Η δική μου τιμή είναι είκοσι πέντε. Εσείς πόσα θα δώσετε;"

Ο Ανδρέας είχε διαβάσει γι' αυτή την παράδοση των διακοσίων και πλέον χρόνων στη Βοσνία. Οι επαγγελματίες δύτες βούταγαν από ύψος είκοσι τριών μέτρων, σε παγωμένο νερό του οποίου η θερμοκρασία παρέμενε στους επτά βαθμούς καθ' όλη τη διάρκεια του χρόνου. Μόνο οι επαγγελματίες δύτες έπαιρναν την κατάδυση ως πρόκληση. Οι ερασιτέχνες διέτρεχαν τον κίνδυνο καρδιακής προσβολής.

"Μπορώ να συνεισφέρω πέντε ευρώ", είπε παραμερίζοντας τον πειρασμό να προσφέρει λιγότερα. Αυτοί οι δύτες χρειάζονταν τα χρήματα που μπορούσε να διαθέσει. Ο δύτης δεν διαφώνησε. Μάζεψε τα χρήματα από την ομάδα των τουριστών και επέστρεψε στον Ανδρέα για το υπόλοιπο ποσό. Στη συνέχεια γδύθηκε μέχρι το σορτσάκι τζόκεϊ και ανέβηκε στο κάγκελο. Οι τουρίστες ανέβηκαν τρέχοντας τη γέφυρα.

Σηκώνοντας τα μάτια προς τον ουρανό, ο δύτης σήκωσε τα χέρια του σε παράλληλες καρφίτσες πάνω σε έναν γαλάζιο ουρανό. Έριξε μια ματιά στην ομάδα των τουριστών, μετά στον Άντριου, πήρε μια βαθιά ανάσα και σηκώθηκε στον αέρα κάνοντας μια τούμπα πριν πέσει καθαρά στο παγωμένο νερό. Η χάρη του θα μπορούσε να συναγωνιστεί έναν ολυμπιονίκη. Οι τουρίστες χειροκρότησαν. Ο Άντριου συμμετείχε. Η επιφάνεια του ποταμού διασπάστηκε σε μυριάδες παφλασμούς καθώς ο δύτης αναδύθηκε λαχανιασμένος με ένα σημάδι με τους αντίχειρες προς τα πάνω.

Ο Άντριου τον είδε να κολυμπάει στην όχθη του ποταμού, να σκουπίζεται με πετσέτα και να ανεβαίνει στη γέφυρα όπου είχε αφήσει τα ρούχα του. "Πώς σε λένε;" ρώτησε.

"Ενές"

"Πόσο καιρό το κάνεις αυτό;"

"Έξι χρόνια".

"Πόσες βουτιές κάνεις κάθε μέρα;"

"Δύο-τρεις. Δεν επιτρέπονται περισσότερες. Κάνει κακό στην καρδιά."

"Κερδίζεις αρκετά;"

Ο Enas χαμογέλασε αδύναμα. "Αρκετά μέχρι να κάνω παιδί. Τότε...."

"Είσαι παντρεμένος;"

Ο Enes έγνεψε. "Η γυναίκα μου είναι έγκυος."

"Ω! Οπότε μετά...;" Ο Enes σήκωσε τους ώμους. "Μπορώ να σας βγάλω μια φωτογραφία;"

Ο Enes άπλωσε την παλάμη του ζητώντας χρήματα. Ο Ανδρέας έγνεψε. "Η κατάδυση δεν επιτρέπεται δύο-τρεις ώρες μετά την πρώτη κατάδυση. Μπορείς να περιμένεις;" Ο Άντριου κούνησε με λύπη το κεφάλι του. "Έχω μια άλλη αποστολή. Μπορώ να σε βγάλω μια φωτογραφία να στέκεσαι στο κάγκελο της Παλιάς Γέφυρας πριν ντυθείς;"

"Φυσικά", χαμογέλασε ο Ενές.

Ο Άντριου είχε το ρεπορτάζ του για το κυριακάτικο ένθετο της London Post, όπου ήταν ανώτερος ρεπόρτερ. Ήταν το είδος της ιστορίας που εκτιμούσαν οι αναγνώστες του Σαββατοκύριακου. Τώρα μπορούσε να επικεντρωθεί στην κύρια αποστολή του.

Παίρνοντας το σακίδιό του, περπάτησε στον πλακόστρωτο δρόμο που ήταν γεμάτος καφετέριες και τουριστικά παραφεντέλια. Και οι δύο όχθες του ποταμού πλαισιώνονταν από παραδοσιακά σπίτια με κόκκινες στέγες. Ήταν μόλις 10.20 π.μ. Έπρεπε να συναντήσει τον Κίναν στις 11. Βαριεστημένα περπάτησε στην όχθη του ποταμού, κοιτάζοντας τα μαγαζιά που παρουσίαζαν ελκυστικά μικροπράγματα. Το μάτι του τράβηξε ένα στρατιωτικό τανκ. Μετά ένα μαχητικό αεροπλάνο. Ο ανιψιός του θα ήταν ενθουσιασμένος με αυτά. Μπήκε στο κατάστημα.

Η πωλήτρια έβγαλε και τα δύο κομμάτια από το γυάλινο κλουβί. Με μια πιο προσεκτική εξέταση ο Άντριου συνειδητοποίησε ότι ήταν φτιαγμένα από άδειους κάλυκες σφαίρας. Μια ανατριχίλα τον διαπέρασε. Τα υπολείμματα μιας σφαίρας που είχε σκοτώσει κάποιον είχαν γίνει παιδικό παιχνίδι! Τα έδωσε πίσω στην απογοητευμένη πωλήτρια.

Η φτώχεια και ο πόλεμος αναδεικνύουν μοναδικές μορφές δημιουργικότητας, σκέφτηκε. Μόλις είχε δει έναν άνθρωπο να ρισκάρει τη ζωή του για να θρέψει την οικογένειά του. Και βρισκόταν αντιμέτωπος με τη δημιουργική δουλειά κάποιου που είχε ψάξει μέσα σε χωράφια που μπορεί να εξορύσσονταν, ψάχνοντας για πεταμένους κάλυκες από σφαίρες.

Πλησίασε στο καφέ όπου επρόκειτο να συναντήσει τον ντόπιο ομόλογό του. Ως ερευνητής δημοσιογράφος ο Άντριου είχε αποκτήσει φήμη για την αποκάλυψη οικονομικών απάτης για την εφημερίδα London Post. Την περασμένη εβδομάδα ο εκδότης του έδωσε μια ασυνήθιστη αποστολή, παραδίδοντας στον Andrew ένα έγγραφο σχετικά με τις εκρήξεις ναρκών. Θα έπρεπε να ερευνήσει το θέμα στη Βοσνία.

Η έκθεση κάλυπτε τις μακροπρόθεσμες επιπτώσεις του εμφυλίου πολέμου της Βοσνίας το 1992-95. Αν και ο πόλεμος είχε λήξει πριν από είκοσι και πλέον χρόνια, μεγάλες εκτάσεις γης παρέμεναν διάσπαρτες με μη εκραγμένες νάρκες. Παιδιά που γεννήθηκαν χρόνια αργότερα ακρωτηριάστηκαν ή σκοτώθηκαν όταν πάτησαν σε νάρκη παίζοντας στα χωράφια.

Μια φρικτή φωτογραφία έδειχνε τρία παιδιά ακρωτηριασμένα από τις εκρήξεις. Ένα κορίτσι είχε πατερίτσα, ένα αγόρι είχε προσθετικό πόδι, ενώ το τελευταίο αγόρι κατέληξε να γίνει νάνος με ακρωτηριασμένα και τα δύο πόδια. Αν και ο Άντριου ήξερε ότι ήταν μια στημένη φωτογραφία, το στοιχειωμένο βλέμμα στα μάτια των παιδιών τον άγγιξε στην καρδιά.

Αυτή η αποστολή ήταν εντελώς έξω από τα νερά του. Είχε συνηθίσει να σαρώνει οικονομικά αρχεία, να παίρνει συνεντεύξεις από υπαλλήλους, να ανακαλύπτει γεγονότα που οι απατεώνες ήθελαν να κρατήσουν κρυφά. Περισσότερες από μία φορές του είχαν προσφερθεί "κίνητρα" για να διακόψει την έρευνα, να σιωπήσει σχετικά με τα ευρήματα. Αυτή η ειδική έκθεση τον οδήγησε σε μια διαφορετική πορεία. Διερεύνηση εγκλημάτων πολέμου που είχαν αντίκτυπο στη Βοσνία, καθώς και σε δεκάδες χώρες σε όλο τον κόσμο.

Δεν γνώριζαν πολλοί στο Λονδίνο πολλά για τη Βοσνία. Κανείς από τους συναδέλφους του δεν είχε ακούσει για τους πηδαλιούχους από τη γέφυρα Στάρι, τους οποίους έπεσε τυχαία πάνω του κατά τη διάρκεια της έρευνας του ιστορικού του. Ήξεραν ότι η Βοσνία είχε εθνοτικά ποικιλόμορφο πληθυσμό, είχαν ακούσει για τις φρικιαστικές μάχες εθνοκάθαρσης μεταξύ Μπασάκων, Σέρβων και Κροατών στις αρχές της δεκαετίας του '90. Στον εικοστό δεύτερο αιώνα η Βοσνία είχε βγει από τις ειδήσεις.

Ανανέωνε νοερά το φυλλάδιο καθώς πλησίαζε στο καφενείο όπου επρόκειτο να συναντήσει τον Keenan, έναν αρθρογράφο μιας εφημερίδας του Σαράγεβο. Ο τοπικός δημοσιογράφος τον έγνεψε προς ένα τραπέζι όπου έπινε καφέ με μπράντι με τη σύντροφό του Άνα. Δεν έχασαν χρόνο για ασήμαντες λεπτομέρειες.

"Η Άνα εργάζεται σε μια ΜΚΟ για την αποκατάσταση των θυμάτων ναρκών. Έχει κανονίσει μερικές συνεντεύξεις για σένα", είπε ο Keenan.

Ο Άντριου γύρισε προς την όμορφη ξανθιά με τα αστραφτερά μπλε μάτια. "Υπήρξε κάποιο πρόσφατο περιστατικό;"

"Ένα δεκάχρονο αγόρι πάτησε πάνω σε νάρκη την περασμένη εβδομάδα. Η μητέρα του έσπευσε προς το μέρος του και τραυματίστηκε επίσης. Πήρε εξιτήριο από το νοσοκομείο πριν από μερικές ημέρες. Οι γιατροί προσπαθούν να σώσουν τα πόδια του αγοριού".

"Είναι εκτός κινδύνου;"

"Θα ζήσει. Αλλά πιθανότατα θα χάσει τα πόδια του."

"Και τα δύο;"

Η Ana έγνεψε. "Η μητέρα του είναι στο σπίτι. Το θραύσμα στο ισχίο της δεν είχε διαπεράσει βαθιά".

"Ας γνωρίσουμε τη μητέρα", είπε. Αυτή θα ήταν η πρώτη του πρόσωπο με πρόσωπο συνάντηση με ανθρώπινο τραύμα. Χρειαζόταν χρόνο για να προετοιμαστεί πριν συναντήσει ένα παιδί που μπορεί να γίνει ακρωτηριασμένο.

"Μένει πέντε μίλια έξω από την πόλη. Αλλά σήμερα έχουμε αυτοκίνητο".

Η Ana μπήκε στη θέση του οδηγού, ο Keenan δίπλα της, ο Andrew στο πίσω κάθισμα. Πέρασαν από τη γέφυρα Στάρι που είχε μια νέα ομάδα ανθρώπων που παζάρευαν με έναν άλλο δύτη. Σύντομα είχαν εγκαταλείψει την πόλη Μόσταρ και περνούσαν μπροστά από χωράφια με καλαμπόκι και σιτάρι με αδέσποτα βοοειδή να περιφέρονται σε άγονη γη.

"Εδώ έγινε το ατύχημα", ενημέρωσε η Ana. "Το χωριό από το οποίο κατάγεται ο Fikret και η μητέρα του βρίσκεται στην ανατολική πλευρά του χωραφιού. Μαζεύουν καυσόξυλα από το δάσος εκεί πέρα. Κόβοντας το χωράφι κάνουν κάθε διαδρομή μικρότερη. Ο Fikret πάτησε κατά λάθος πάνω στη νάρκη η οποία ήταν καλυμμένη από χόρτο"

"Δεν έχουν προειδοποιήσει τους ανθρώπους ότι το χωράφι είναι επικίνδυνο;"

"Κατά τη διάρκεια των πολέμων οι νάρκες τοποθετούνται συνήθως σε σειρές για να εμποδίσουν τον εχθρό να προχωρήσει. Αυτή η περιοχή δεν ήταν ποτέ μέρος πεδίου μάχης και έτσι κανείς δεν σκέφτηκε ότι μπορεί να είναι ναρκοθετημένη. Η νάρκη πρέπει να κατέβηκε από κάπου κατά τη διάρκεια των περσινών πλημμυρών".

Οδήγησαν σιωπηλά, περνώντας από το καταπράσινο άλσος όπου αφίσες με νεκροκεφαλές και σταυρωτά οστά προειδοποιούσαν για τον κίνδυνο. "Τρεις νάρκες πυροδοτήθηκαν από αυτό το δάσος", ενημέρωσε ο Κίναν. "Μπορεί να υπάρχουν κι άλλες. Οι άνθρωποι διδάσκονται να μένουν μακριά όταν βλέπουν αυτή την πινακίδα".

Επιτέλους, έφτασαν σε μια ομάδα ετοιμόρροπων σπιτιών. Η Άννα σταμάτησε στο τρίτο σπίτι, το ξεφλουδισμένο μπλε χρώμα και το ραγισμένο παράθυρο υποδήλωναν φτώχεια. Η πόρτα είχε μείνει ξεκλείδωτη. Η μητέρα του Fikret καθόταν σε μια παλιά ξύλινη κουνιστή καρέκλα ένα ελαφρύ σάλι που κάλυπτε τα πόδια της. Ήταν μόνη της. Πρέπει να ήταν όμορφη, σκέφτηκε ο Ανδρέας, αλλά το καταβεβλημένο πρόσωπό της είχε τώρα την παραίτηση ενός επιζώντος χωρίς ελπίδα. Κοίταξε ψηλά όταν μπήκαν, και μετά βυθίστηκε ξανά στην κατάθλιψη.

Ο Κήναν της είπε ότι ο Άντριου ήταν δημοσιογράφος και έκανε ρεπορτάζ για τραγωδίες με νάρκες για μια κορυφαία βρετανική εφημερίδα. Δεν την ενδιέφερε.

"Πέρυσι, όταν σκοτώθηκε η Λέιλα, ήρθαν άνθρωποι, μίλησαν με τη μητέρα της. Τίποτα δεν άλλαξε. Τώρα είναι ο Φικρέτ μου".

"Η Fikret είναι εκτός κινδύνου", είπε η Ana παρηγορητικά.

"Αλλά θα χάσει τα πόδια του. Χωρίς πόδια πώς θα βρει φαγητό;"

"Η κυβέρνηση θα του δώσει προσθετικά πόδια."

Η μητέρα του Firket δεν παρηγορήθηκε. Στράφηκε προς τον Ανδρέα. "Τι θέλεις;"

Ο Άντριου έβγαλε το τηλέφωνό του, πάτησε το κουμπί εγγραφής και άρχισε να κάνει ερωτήσεις. Πού πήγαινες; Τι έκανες; Πώς συνέβη; Ποιος σε έσωσε; Τι είδους υποστήριξη χρειάζεσαι;

Απάντησε με ψεύτικη φωνή, αλλά στην τελευταία ερώτηση τα μάτια της έλαμψαν. "Αν πω φαγητό, θα δώσετε. Αν πω χρήματα, θα δώσετε. Για τους ανθρώπους που έχουν πολλά τρόφιμα και χρήματα είναι εύκολο να δώσουν. Αλλά εγώ θέλω ασφάλεια. Μπορείς να μου δώσεις; Είκοσι χρόνια έχουμε ειρήνη αλλά όχι ασφάλεια. Ειρήνη χωρίς ασφάλεια δεν είναι ειρήνη".

Ο Ανδρέας συγκινήθηκε. Κανένας επιχειρηματίας του οποίου την απάτη είχε αποκαλύψει δεν είχε μιλήσει από καρδιάς όπως αυτή η γυναίκα Έκλεισε την ηχογράφηση μη μπορώντας να την κοιτάξει στα μάτια.

"Η χώρα μας είναι σε ειρήνη τώρα. Η ασφάλεια θα έρθει". έλεγε ο Κήναν. "Οι ναρκαλιευτές καθαρίζουν τις επικίνδυνες περιοχές. Μερικές φορές τραυματίζονται κι αυτοί. Μην εγκαταλείπετε την ελπίδα. Αύριο ο ήλιος θα ανατείλει σε μια νέα μέρα".

"Έχουν εφευρεθεί μη επανδρωμένα αεροσκάφη με υπέρυθρες κάμερες για τον εντοπισμό κρυμμένων ναρκών", πρόσθεσε ο Άντριου ενημερώνοντας τον Κίναν για την τελευταία τεχνολογική εφεύρεση. "Σύντομα θα πρέπει να είναι διαθέσιμα στη Βοσνία".

Τα μη επανδρωμένα αεροσκάφη δεν θα έκαναν καμία διαφορά στην τραυματισμένη γυναίκα, της οποίας η οικογένεια είχε ήδη διαλυθεί, σκέφτηκε ο Άντριου, ενοχλημένος από την άθλια παράδοση στο πεπρωμένο στα μάτια της. Αυτή ήταν η πρώτη του συνέντευξη με ένα άτομο που είχε υποστεί προσωπική τραγωδία. Αυτή η μητέρα προσωποποιούσε ένα κομμάτι της ζωής που δεν είχε δει ποτέ.

Αντί να επιστρέψει στο αυτοκίνητο, η Άννα τον οδήγησε απέναντι στο δρόμο προς ένα άλλο σπίτι τόσο ετοιμόρροπο όσο και του Φικρέτ. Η δεκατετράχρονη Lejla είχε πάει φρεσκοψημένα κέικ για τη γιαγιά της σε ένα άλλο χωριό, όταν το λεωφορείο στο οποίο επέβαινε εξερράγη. Είχε πεθάνει επί τόπου. Δεκαοκτώ μήνες αργότερα ο πατέρας της ήταν ακόμα γεμάτος θυμό.

"Αν ένα παιδί δεν μπορεί να ταξιδέψει με ασφάλεια στην ίδια του τη χώρα, τι είδους ζωή έχουμε!", ξεσπάθωσε. "Η μητέρα μου πέθανε από σοκ τρεις ημέρες μετά τη Λέιλα. Η γυναίκα μου δεν έχει φτιάξει κέικ εδώ και ένα χρόνο. Προσποιούμαστε ότι ζούμε, αλλά στην καρδιά μας είμαστε νεκροί".

Η Άνα απομακρύνει τον Άντριου από τον αναστατωμένο άντρα, γνωρίζοντας ότι θα συνέχιζε να παραληρεί όσο είχε ακροατήριο. Οδηγώντας γρήγορα τον πήγε σε ένα άλλο χωριό όπου τους περίμενε η Αμέλια, μια μεσήλικη γυναίκα με λουλουδάτο φόρεμα. Στηριζόμενη σε μια πατερίτσα, τους καλωσόρισε σε ένα τακτοποιημένο σαλόνι, όπου ένας βραστήρας έβραζε. Μετά από δύο συναντήσεις που είχαν γίνει με τα σωθικά του, ο Άντριου ήταν ευγνώμων για το ζεστό τσάι, του οποίου την πορεία, εντόπισε στον οισοφάγο του, μέχρι το στομάχι του.

"Έχουν περάσει σχεδόν δύο χρόνια από το ατύχημα, αλλά εξακολουθώ να έχω πόνους στο αριστερό μου πόδι. Μπορείτε να δείτε ότι δεν υπάρχει πόδι, αλλά υπάρχει πόνος" είπε στον έκπληκτο Andrew. "Οι γιατροί τον αποκαλούν "πόνο φάντασμα". Συμβαίνει επειδή το κέντρο στον εγκέφαλο που ελέγχει το πόδι είναι ακόμα ζωντανό, μπορεί να αισθάνεται".

Ο Άντριου είχε ακούσει αρκετά. Χρειαζόταν ένα διάλειμμα από τις αφηγήσεις τραυμάτων. Οδήγησαν σε μια κορυφή λόφου που διέθετε υπέροχη θέα στην ύπαιθρο, διάστικτη με οξιές και βελανιδιές. Δεν υπήρχαν προειδοποιητικές πινακίδες με νεκροκεφαλή και σταυρωτά οστά, αλλά το πλούσιο γρασίδι ήταν αρκετά ψηλό για να κρύψει μια συσκευή ύψους μόλις δύο εκατοστών. Αν και ο Κήναν τον διαβεβαίωσε ότι η περιοχή ήταν ασφαλής, ο Άντριου ήταν επιφυλακτικός. Καθόταν σε έναν βράχο, συλλογιζόταν και απολάμβανε τη φυσική ομορφιά.

Για να καλύψει τις συναισθηματικές αναταραχές προσπάθησε να αποσυρθεί στη στατιστική. Οι αριθμοί θα μετρίαζαν τον πόνο της βιωμένης εμπειρίας. Θυμήθηκε την αναφορά ότι οι νάρκες είχαν προκαλέσει μισό εκατομμύριο θύματα αμάχων σε όλο τον κόσμο. Κάθε ήπειρος έχει θύματα, με την Αφρική να έχει τον μεγαλύτερο αριθμό σε τριάντα εκατομμύρια, με την Αγκόλα να αναφέρει 88.000 ανθρώπους που ζουν με τραυματισμούς από νάρκες. Αίγυπτος, Καμπότζη, Συρία, Αφγανιστάν... Ο κατάλογος των χωρών που επλήγησαν ήταν συγκλονιστικός. Κάθε έκρηξη είχε ακρωτηριάσει υγιείς ανθρώπους, αφήνοντας οικογένειες σε θλίψη, εξαθλιωμένες από τις ιατρικές απαιτήσεις. Οι στατιστικές έκαναν τον Άντριου να αισθάνεται αβοήθητος.

Ξαφνικά σηκώθηκε από το βράχο. Δεν θα έχανε άλλο χρόνο. Έπρεπε να ολοκληρώσει την αποστολή του. "Πάμε στο νοσοκομείο να δούμε το παιδί" φώναξε στον Κήναν.

Καθώς έμπαιναν στο νοσοκομείο, μια νοσοκόμα με κολλημένη λευκή στολή αναγνώρισε τον Κίναν. "Η χειρουργική επέμβαση έχει γίνει. Τα οστά και στα δύο πόδια είχαν διαλυθεί σε θραύσματα. Ο ακρωτηριασμός κάτω από το γόνατο ήταν αναπόφευκτος. Το αγόρι βρίσκεται στην εντατική".

"Αυτός ο κύριος είναι ένας δημοσιογράφος από το Λονδίνο" είπε ο Κήναν παρουσιάζοντας τον Άντριου. "Ετοιμάζει ένα σημαντικό ρεπορτάζ για τις ζημιές που προκαλούν οι νάρκες. Μπορεί να δει τον Φικρέτ;"

"Ασφαλώς όχι! Το παιδί χρειάζεται ξεκούραση!"

"Μόνο λίγα λεπτά", παρακάλεσε ο Κήναν. "Είναι σημαντικό να δει ο κόσμος τις μακροπρόθεσμες συνέπειες του πολέμου. Να μάθει πώς οι άνθρωποι εξακολουθούν να υποφέρουν".

"Σε αυτή την κατάσταση η συνάντηση με έναν ξένο θα μπορούσε να επηρεάσει τα ζωτικά σημεία του Φικρέτ".

Ο Άντριου δοκίμασε ένα άλλο κομμάτι. "Παρακαλώ επιτρέψτε μου να μπω μέσα ήσυχα και να τραβήξω μερικές φωτογραφίες. Δεν θα ενοχλήσω το παιδί".

Συγκλονισμένη, η νοσοκόμα κοίταξε επίμονα, πρώτα τον Άντριου και μετά τον Κίναν. "Εδώ είναι νοσοκομείο. Οι ασθενείς δεν είναι για έκθεση! Δεν επιτρέπονται οι φωτογραφίες!" Τους γύρισε την πλάτη και απομακρύνθηκε.

Ο Άντριου ήταν απογοητευμένος. Ένα ρεπορτάζ χωρίς φωτογραφία θα είχε λιγότερους αναγνώστες. Το άρθρο του για τους δύτες θα έβρισκε περισσότερους αναγνώστες από το σημαντικό ρεπορτάζ για τις νάρκες. Χρειαζόταν μια φωτογραφία για να έχει αντίκτυπο.

Απογοητευμένος βγήκε από το νοσοκομείο, με τον Κήναν και την Άνα να τον ακολουθούν. "Μπορείτε να δείξετε το σημείο της έκρηξης", πρότεινε η Άνα.

"Ένα άδειο πεδίο δεν προκαλεί τίποτα".

"Τι λες για εικόνες από νάρκη;"

Ο Άντριου έδειξε ενδιαφέρον. "Πού μπορούμε να δούμε μία;"

"Οι πυροδοτημένες νάρκες πετιούνται στις μάντρες με τα παλιοσίδερα. Μπορούμε να σας πάμε εκεί".

Η μάντρα δεν ήταν μακριά από το νοσοκομείο. Ένα συνονθύλευμα από στριμμένες μεταλλικές ράβδους, ξύλα, λαμαρίνες, μια τρίποδη καρέκλα και σε μια γωνία ένας σωρός από μπερδεμένους κυκλικούς δίσκους μέχρι το γόνατο, που κάποτε ήταν νάρκες.

"Τόσες πολλές νάρκες", αναφώνησε ο Άντριου. "Κάποτε επικίνδυνες, τώρα απλά σκουπίδια". Τράβηξε φωτογραφίες από χαμηλή γωνία για δραματικό αποτέλεσμα. Από μόνες τους οι φωτογραφίες δεν προκαλούσαν συναισθήματα. Τότε του ήρθε μια ιδέα. Η αφίσα με τη νεκροκεφαλή και τα σταυρωτά οστά τοποθετημένη πάνω από τις νάρκες θα έφερνε τα πάνω κάτω. "Ας πάμε πίσω στο δάσος. Θέλω να τραβήξω αυτή την αφίσα".

Ήταν σε σκεπτόμενη διάθεση στο τρένο για το Σαράγεβο, απ' όπου είχε την πτήση του για το Λονδίνο. Ήταν σχολαστικός στη δουλειά του. Οι αποκαλύψεις του

του έφεραν διασημότητα, αλλά οι οικονομικοί απατεώνες σπάνια πλήρωναν το τίμημα του εγκλήματος. Ήταν αλαζόνες, επιθετικοί, εριστικοί, έβρισκαν επιπόλαια δικαιολογίες για να μπλοφάρουν για να ξεφύγουν από τα προβλήματα. Αν συλλαμβάνονταν, απολάμβαναν προνόμια στη φυλακή, ενώ οι δικηγόροι εξασφάλιζαν την ανάκληση ή τη μείωση των ποινών τους. Μέσα σε λίγα χρόνια επέστρεφαν στις επιχειρήσεις τους. Η αντιπαραβολή τους με τους ανθρώπους που μόλις είχε γνωρίσει, οι οποίοι δεν είχαν κάνει τίποτα για να καταστραφεί η ζωή τους, του άνοιξε τα μάτια.

Θα έπρεπε να αλλάξει κατεύθυνση; Να ασχοληθεί με θέματα που είχαν τη δυνατότητα να επηρεάσουν τις ζωές απλών ανθρώπων; όπως ο Fikret και η μητέρα του; Όπως οι γονείς της Lejla; Την Αμέλια; Ο κόσμος πρέπει να μάθει για τα τραύματα που αφήνουν πίσω τους οι πόλεμοι. Ότι για τους ανθρώπους στο επίπεδο της γης οι πόλεμοι δεν τελειώνουν όταν οι κυβερνήσεις σταματούν τους στρατούς από τις μάχες. Θα μπορούσε ο Άντριου να χρησιμοποιήσει τις ικανότητές του αποτελεσματικά σε μια διαφορετική σφαίρα;

Μέχρι τη στιγμή που το τρένο έφτασε στο σταθμό του Σαράγεβο, είχε πάρει την απόφασή του. Θα στραφεί στην αναπτυξιακή δημοσιογραφία. Λιγότερο γοητευτική, αλλά πιο σχετική. Αυθόρμητα τηλεφώνησε στον εκδότη του. "Κύριε, μπορώ να πάρω μια πτήση για την Καμπότζη για να ερευνήσω τις ζημιές που προκαλούν οι νάρκες εκεί;"

Συνείδηση

Μια διαγώνια τομή από το μέτωπο μέχρι το κρανίο ήταν γεμάτη με αίμα που στέγνωνε. Το πεζοδρόμιο γύρω από το κεφάλι της είχε σκούρο κόκκινο χρώμα. Τα ρούχα της γυναίκας σκισμένα, τα παπούτσια παραμερισμένα, το πρόσωπο στραμμένο προς τον τοίχο, τα μάτια μισάνοιχτα. "Βοήθεια", ακούστηκε μια αδύναμη φωνή. "Παρακαλώ, βοηθήστε με..." Το γκρι διαλύθηκε σε ακόμα πιο βαθύ γκρι. Τα σκούρα μάτια έγιναν μεγάλα, μετά μεγαλύτερα και ακόμα μεγαλύτερα....

Ο Τζίμι σηκώθηκε στο κρεβάτι, όλο του το σώμα έτρεμε. Πάλι αυτό το όνειρο! Δεν θα έφευγε ποτέ! Δεν θα τον άφηνε ποτέ να κοιμηθεί ήσυχος!

Με τα χείλη του να τρέμουν, άναψε το φως στο κομοδίνο. Όλα ήταν φυσιολογικά. Η Ανίτα κοιμόταν στη δική της πλευρά του διπλού κρεβατιού. Η Ayesha πιπιλούσε τον αντίχειρά της στην κούνια. Δεν είχε έρθει ακόμα η ώρα για το τάισμα των δύο. Όλα φυσιολογικά, παντού εκτός από το κεφάλι μου, είπε στον εαυτό του καθώς σήκωσε το τηλέφωνό του και βγήκε στο σαλόνι.

Η Μάγκι, η καμαριέρα, ήταν κουλουριασμένη σε εμβρυακή στάση κάτω από τον ανεμιστήρα στο πάτωμα. Χρησιμοποιώντας το φως του τηλεφώνου του την προσπέρασε αθόρυβα, μπήκε στην κουζίνα και έκλεισε την πόρτα πριν ανάψει το φως. Χρειαζόταν καφέ για να μείνει ξύπνιος. Ήταν πολύ φοβισμένος για να κοιμηθεί ξανά.

Ενισχυμένος με δυνατό καφέ επέστρεψε στην κρεβατοκάμαρα. Η Ανίτα ροχάλιζε απαλά. Ο αντίχειρας ήταν ακόμα στο στόμα του μωρού. Χάιδεψε το μάγουλό της με τον δείκτη του. Η πάνα της ήταν βρεγμένη. Πήρε μια καινούργια πάνα, τη σήκωσε, την άλλαξε, πέταξε τη λερωμένη πάνα στον κουβά με το απορρυπαντικό. Εκείνη παρέμεινε μακάρια κοιμισμένη.

Τι θα σκεφτόταν η Ανίτα γι' αυτόν όταν το μάθαινε; Θα μπορούσε να συγχωρήσει την πράξη του; Να συγχωρεθεί; Πώς θα μπορούσε να περιμένει από την οικογένειά του να τον συγχωρέσει όταν δεν μπορούσε να συγχωρέσει τον εαυτό του;

Τι εικόνα! Εμφανίζεται στα όνειρα ξανά και ξανά.

Είχε κάνει το γύρο του τετραγώνου ψάχνοντας για πάρκινγκ. Έχοντας ανάγκη να σηκώσει χρήματα από το μοναδικό ΑΤΜ της γειτονιάς, έκανε δύο κύκλους στην περιοχή πριν εντοπίσει ένα αυτοκίνητο να απομακρύνεται. Μπήκε στη θέση στάθμευσης και περπάτησε προς το ΑΤΜ που βρισκόταν σε μικρή απόσταση. Καθώς επέστρεφε, εντόπισε την τραυματισμένη γυναίκα στο δρόμο.

Κάποιος πρέπει να την τραυμάτισε και να το έσκασε. Κανείς δεν ήταν τριγύρω, αλλά άκουγε ήχους ταραχών όχι μακριά. Οι ταραχές είχαν κατακλύσει την πόλη εδώ και τρεις ημέρες. Καταστήματα είχαν λεηλατηθεί, είχαν πυρποληθεί. Τα κάγκελα είχαν μετατραπεί σε γλυπτικές μορφές. Θραύσματα γυαλιού και σπασμένα τούβλα σκορπισμένα στους δρόμους. Η ασφάλεια έγινε μια ξένη λέξη.

Κάποιος μπορεί να τον είδε να βγαίνει από το ATM. Θα ήξεραν ότι ήταν φορτωμένος με χρήματα. Θα μπορούσε να γίνει ο επόμενος στόχος τους. Χωρίς να το ρισκάρει μπήκε στο αυτοκίνητο για να φύγει. Καθώς άνοιξε τη μίζα, οι προβολείς του έπεσαν πάνω στην κακοποιημένη γυναίκα. Τα ορθάνοιχτα μάτια της τον κοιτούσαν επίμονα. Κατηγορηματικά.

Δεν μπορούσε να ξεχάσει αυτά τα μάτια. Τον κατηγορούσαν συνέχεια στο ένα όνειρο μετά το άλλο.

Το επόμενο πρωί, σοκαρισμένος διαπίστωσε ότι είχε πεθάνει. Γιατί δεν είχε βρει άλλη θέση στάθμευσης εκτός από εκείνη τη γυναίκα; Γιατί τον παρακάλεσε για βοήθεια; Γιατί δεν υπήρχε κανείς άλλος τριγύρω; Θα μπορούσε η παρέμβασή του να την είχε σώσει; Δεν θα έπρεπε τουλάχιστον να είχε καλέσει ένα ασθενοφόρο;

Αυτές ήταν δύσκολες στιγμές. Γείτονες που ήταν φιλικοί για χρόνια σταμάτησαν να μιλούν μεταξύ τους. Σταμάτησαν τα παιδιά να παίζουν μεταξύ τους. Έμπαιναν σε έντονες διαφωνίες για ασήμαντα θέματα. Διαφωνίες που οδηγούσαν στη βία. Ήταν ένας νέος πατέρας με ευθύνες. Δεν ήθελε να αποξενώσει κανέναν. Δεν είχε την πολυτέλεια να ρισκάρει.

Αυτή η γυναίκα. Ένα αθώο θύμα. Ο φόβος στα μάτια της ταίριαζε με τους δικούς του φόβους. Ακόμα και μετά από πέντε μήνες τα κατηγορηματικά μάτια δεν τον λυπήθηκαν.

Χρειαζόταν απεγνωσμένα να κοιμηθεί. Είχε μια δύσκολη εγχείρηση το πρωί. Οι άγρυπνες νύχτες κάνουν ανασφαλή χειρουργική επέμβαση. Την περασμένη εβδομάδα το χέρι του έτρεμε καθώς έκανε την πρώτη τομή. Το κολλημένο αίμα στην πληγή της γυναίκας κολυμπούσε μπροστά στα μάτια του μυαλού του θολώνοντας την όρασή του. Αναγκάστηκε να αφήσει τον βοηθό του να αναλάβει ενώ εκείνος επέβλεπε. Δεν μπορούσε να το ξανακάνει αυτό.

Αφήνοντας τον καφέ ανέγγιχτο, έσκυψε πάνω από την κούνια. Τι θα σκεφτόταν η ενήλικη Ayesha για έναν γιατρό-πατέρα που δεν βοηθούσε μια ηλικιωμένη, τραυματισμένη γυναίκα; Μπορούσε να περιμένει να μεγαλώσει θαρραλέα όταν ο ίδιος ήταν δειλός;

"Σε ποιον τηλεφωνούσες μέσα στη νύχτα;" ακούστηκε η φωνή της Ανίτα.

Γύρισε από την άλλη πλευρά. "Είσαι ξύπνιος;"

"Σε έχω δει να βγαίνεις με το τηλέφωνο κάθε λίγες μέρες. Σε ποιον τηλεφωνείς; Την Εστέλ;"

Χτύπησε στη δική του πλευρά του κρεβατιού με ένα χτύπημα. "Γιατί να τηλεφωνήσω στην Εστέλ στις δύο τα ξημερώματα!"

"Ήταν η κοπέλα σου. Ή μήπως θα έπρεπε να πω "είναι"".

"Πρώην κοπέλα. Δεν την έχω δει εδώ και χρόνια. Δεν έχω καμία επιθυμία να την δω. Απλά έφτιαχνα καφέ για τον εαυτό μου. Επειδή....επειδή δεν μπορώ να κοιμηθώ".

Θα έπρεπε να πει στην Ανίτα για το όνειρο που τον καταδιώκει; Γιατί δεν είχε αναφέρει νωρίτερα την τραυματισμένη γυναίκα; Θα τον πίστευε τώρα;

Ευτυχώς, η Αϊσά κλαψούρισε. Ώρα για το φαγητό της. Η Ανίτα την πήρε στα χέρια της, κουνώντας την απαλά στον ώμο της. Φέρνοντας το μωρό στο κρεβάτι τους, ξάπλωσε, βάζοντας τη θηλή της στο στόμα του μωρού.

Τα μάτια του έπεσαν στο άλλο της στήθος που είχε ξεγλιστρήσει από το νυχτικό της Ανίτα. Μια στύση προέκυψε. Περίμενε μέχρι να ταΐσει το μωρό και επέστρεψε στην κούνια. Τότε τράβηξε τη γυναίκα του κοντά του. "Μόνο εσένα αγαπώ, αγάπη μου. Κανέναν άλλον", ψιθύρισε, χαϊδεύοντας απαλά τον μηρό της.

Στριφογύρισε, χωρίς διάθεση να απαντήσει. "Πες μου την αλήθεια. Σε ποιον τηλεφωνούσες;"

"Σε κανέναν, αγάπη μου, το υπόσχομαι".

Απομακρύνθηκε. "Κάθε βράδυ ξεγλιστράς από το δωμάτιο με το τηλέφωνό σου. Και περιμένεις να πιστέψω ότι δεν τηλεφωνείς σε κανέναν!"

Εκείνος απομακρύνθηκε συγκλονισμένος μέχρι το μεδούλι. Η ετοιμοθάνατη γυναίκα είχε καταστρέψει το γάμο του.

Εκπαίδευση κοριτσιών

Το φλιτζάνι χτύπησε στο πιατάκι και ο καυτός καφές χύθηκε στο μηρό της Gulnaz. Εκείνη ανοιγόκλεισε τα μάτια της- τα μάτια της είχαν παγώσει στην οθόνη της τηλεόρασης. Φρικτές εικόνες εμφανίζονταν κάθε μέρα. Ένας πόλεμος εδώ, πυροβολισμοί εκεί. Αλλά αυτή ήταν η γειτονιά της. Με φόντο το δικό της σχολείο. Και... και... ήταν η Ζόχρα που την έσερναν μέσα σε ένα αστυνομικό φορτηγάκι! Η Ζόχρα!

Κατεβάζοντας το φλιτζάνι με το πιατάκι σε ένα πλαϊνό τραπεζάκι προσπάθησε να συγκεντρωθεί σε όσα έλεγε ο εκφωνητής, πιάνοντας ένα μικρό μέρος των λόγων του. "Ξεδιάντροπα κορίτσια. Κουνάνε χιτζάμπ. Χορεύουν στο δρόμο. Ανισλαμικές.' Η Gulnaz έκλεισε την τηλεόραση. Δεν επιθυμούσε να ακούσει τις βρισιές του.

Η Gulnaz ήταν διευθύντρια του Γυμνασίου Jamshedji, μια ψηλή, εύσωμη γυναίκα με επιβλητική φωνή που έκανε τους μαθητές να την αποκαλούν χαϊδευτικά "άρμα μάχης". Τη μια στιγμή φώναζε σαν στρατηγός του στρατού και την άλλη παρηγορούσε ένα παιδί που είχε χάσει το μολύβι του. Η Zohra ήταν η πιο πολλά υποσχόμενη μαθήτριά της. Θα μπορούσε η Gulnaz να κάνει οτιδήποτε για να την αφήσει ελεύθερη;

Η Zohra ήταν το πιο έξυπνο κορίτσι στην τάξη της. Ζωηρή, αμφισβητήσιμη. Ήταν αναπόφευκτο να συμμετάσχει στη διαμαρτυρία κατά του θανάτου της Mahsa Amini. Αν και η καρδιά της Γκουλνάζ ήταν με τους διαδηλωτές, δεν συμμετείχε. Ήταν μια ηλικιωμένη πολίτης. Είχε τη θέση της διευθύντριας ενός σχολείου. Δεν μπορούσε να αποξενώσει τις αρχές. Αυτές ήταν επικίνδυνες εποχές στο Ιράν. Η διαμαρτυρία είχε οδηγήσει στη σύλληψη της Zohra. Θα μπορούσε να ξυλοκοπηθεί, να βασανιστεί.

Ήταν υπεύθυνη η Gulnaz; Η Ζόχρα ανήκε στην εκλεκτή ομάδα κοριτσιών που συναντιόταν μαζί της μετά το σχολείο και συζητούσαν τα τρέχοντα γεγονότα από τις τηλεοπτικές ειδήσεις. Η Gulnaz ήταν περήφανη που ανέπτυσσε το μυαλό τους, προκαλώντας τα να αμφισβητήσουν την αδικία. Η συμμετοχή τους στις διαμαρτυρίες ήταν αποτέλεσμα αυτών των συνεδριών. Θα έπρεπε να αισθάνεται περήφανη ή υπεύθυνη; Κατά κύριο λόγο αισθανόταν ανήσυχη.

Σημειώνοντας νοερά άτομα από τη λίστα επαφών της θυμήθηκε τον Asfandiar, έναν ανώτερο αστυνομικό. Συχνά συνομιλούσε μαζί του στα Navroze gumbhars που διοργανώνονταν για τους Ζωροαστρίους στο Atesh Kadeh κάθε χρόνο. Η κόρη του πήγαινε στην έκτη τάξη του σχολείου της. Θα βοηθούσε;

Πληκτρολόγησε γρήγορα τον αριθμό του εξηγώντας την κατάσταση. "Η Zohra, η πιο ελπιδοφόρα μαθήτρια του σχολείου μας, συνελήφθη. Είναι μόλις δεκαεπτά ετών. Τι μπορούμε να κάνουμε για να τη βγάλουμε έξω;"

"Γιατί αυτά τα κορίτσια παίρνουν τον νόμο στα χέρια τους!" γαύγισε ο Ασφάντιαρ. "Θα έπρεπε να σέβονται το νόμο της χώρας".

"Ας μην μπούμε σε πολεμική", ξεσπάθωσε η Gulnaz.
"Ποιον πρέπει να δωροδοκήσουμε; Πόσο;"
Ο Asfandiar αιφνιδιάστηκε από την ευθύτητά της. "Θα πρέπει να λαδώσουμε πολλές παλάμες", είπε αργά.
"Πόσα;"
Ανέφερε ένα αστρονομικό ποσό.
"Πόσο σύντομα μπορείς να την βγάλεις έξω".
Η Ασφάντιαρ έμεινε άναυδη. "Έχετε μιλήσει με τους γονείς της; Μπορούν να αντέξουν οικονομικά να πληρώσουν;"
"Θα πάρετε τα χρήματα. Απλά βγάλτε την έξω γρήγορα. Με ασφάλεια." Μίλησε με τον αυταρχικό τόνο της διευθύντριας.
Δεν επρόκειτο να ξεγελαστεί. "Πρώτα τα χρήματα. Πενήντα τοις εκατό τώρα. Πενήντα τοις εκατό με την παράδοση".
"Αν πάθει κακό, δεν υπάρχει δεύτερη δόση".
"Ποιος πληρώνει; Εσύ;"
"Δεν σε αφορά", ξεσπάθωσε, πετώντας το φλιτζάνι του καφέ της στην κουζίνα και κατευθυνόμενη προς το ντουλάπι με τα ποτά. Σπάνια έπινε κατά τη διάρκεια της ημέρας, αλλά αυτή δεν ήταν μια συνηθισμένη μέρα. Χρειαζόταν ένα μαρτίνι πριν κάνει το επόμενο τηλεφώνημα.
Η μητέρα της Ζόχρα είχε πάθει νευρικό κλονισμό. "Τι θα κάνουν στο παιδί μου;" ούρλιαζε. "Της είπα να μην πάει σε αυτή τη συνάντηση..... Τι θα της συμβεί...;"

Η Gulnaz έκανε παρηγορητικούς ήχους περιμένοντας να σταματήσουν οι λυγμοί της. Αργά είπε: "Επικοινώνησα με κάποιον ανώτερο. Προσπαθούμε να την απελευθερώσουμε".

"Inshallah. Θα συνεχίσω να προσεύχομαι".

Η Γκουλνάζ καταβρόχθισε το μαρτίνι της, χωρίς να μπορεί να πείσει τον εαυτό της να αναφέρει τη δωροδοκία και το ποσό της. "Μπορώ να μιλήσω στον άντρα σας;"

"Φυσικά, φυσικά."

Η Γκουλνάζ άκουσε το κάλεσμά της, και στη συνέχεια ανέλαβε μια ανδρική φωνή. "Γεια σας".

"Είμαι ο διευθυντής του σχολείου της Zohra. Επικοινωνήσαμε με ένα ανώτερο πρόσωπο για να απελευθερωθεί η Ζόχρα. Ζητούν ένα τεράστιο ποσό".

Χαμήλωσε τη φωνή της για να αναφέρει το ποσό.

Η φωνή του έσπασε. "Εγώ... εγώ... δεν μπορώ να κανονίσω τόσα πολλά".

"Πόσα μπορείς να κανονίσεις; Το σχολείο θα διαχειριστεί τα υπόλοιπα".

Ένας αναστεναγμός ανακούφισης. "Θα σου πω σε μισή ώρα".

"Όσο πιο γρήγορα τόσο το καλύτερο. Δεν ξέρουμε πώς της φέρονται στη φυλακή".

Η Gulnaz βυθίστηκε στην πολυθρόνα ανοίγοντας ξανά την τηλεόραση. Ο ίδιος δημοσιογράφος έδινε στατιστικά στοιχεία: Είκοσι έξι συλλήψεις. Τέσσερις τραυματίες.

Ένας πυροβολισμός. Ο δρόμος είχε καθαριστεί από τους διαδηλωτές. Ένα σωρό πέτρες και θραύσματα από σπασμένα γυαλιά ήταν διάσπαρτα. Τρία βαν της αστυνομίας είχαν σταθμεύσει εκεί που βρίσκονταν οι διαδηλωτές, ένας μοναχικός αστυνομικός έψαχνε ένα φυλλάδιο που είχαν κατασχέσει. Το Γυμνάσιο Jamshedji σιωπηλός μάρτυρας του χάους.

Η Gulnaz ανακουφίστηκε όταν είδε το σχολείο της να στέκεται αλώβητο. Είχε χτιστεί από τον παππού της πριν από πενήντα και πλέον χρόνια. Το είχε αναλάβει με την επιθυμία της να αναπτύξει το μυαλό των κοριτσιών παρά τους καταπιεστικούς περιορισμούς που επέβαλαν τα διαδοχικά καθεστώτα. Ο παππούς της είχε ξεκινήσει ένα δημοτικό σχολείο που παρείχε βασικές γνώσεις. Η Gulnaz πρόσθεσε δύο ορόφους και το επέκτεινε για να φτάσει μέχρι τη δέκατη τάξη.

Αν και ζούσαν στο Ιράν, η οικογένεια της Gulnaz δεν ήταν μουσουλμάνοι αλλά οπαδοί του Zarathushtra, ενός προφήτη που έζησε γύρω στο 600 π.Χ., ο πρώτος που κήρυξε την πίστη σε έναν Θεό, όταν ο πολυθεϊσμός ήταν η συνήθης πρακτική στην ποιμενική κοινωνία της εποχής. Υπό τον ισλαμικό διωγμό πολλοί Ζωροαστρικοί είχαν καταφύγει στην Ινδία όπου ξεκίνησαν ως αγρότες αλλά αργότερα δημιούργησαν επιτυχημένες επιχειρήσεις. Δεδομένου ότι η πρώτη ομάδα που μετανάστευσε προερχόταν από την περιοχή Παρς, ονομάστηκαν Παρσί στην Ινδία. Ωστόσο, μια μικρή ομάδα πιστών παρέμεινε πίσω στο Ιράν, εξακολουθώντας να είναι προσηλωμένη στην πίστη της.

Δεδομένου ότι οι κανόνες για την εκπαίδευση των κοριτσιών αναδιαμορφώνονταν συνεχώς, η Gulnaz στάλθηκε σε ένα διάσημο σχολείο που διοικείτο από ένα Parsi-Zoroastrian Trust στη Βομβάη, όπου είχε μεταναστεύσει ο αδελφός του πατέρα της. Θα θυμάται πάντα την πρώτη της έκπληξη όταν είδε τόσα πολλά κορίτσια, ακόμη και μουσουλμάνες, χωρίς χιτζάμπ. Στην πατρίδα της το χιτζάμπ ήταν υποχρεωτικό για όλα τα κορίτσια άνω των έξι ετών.

Καθώς μεγάλωνε στην εφηβεία, ενστερνίστηκε ένα ανοιχτό, χωρίς αποκλεισμούς ήθος, με εξαιρετικές επιδόσεις στη βιολογία και τη χημεία, γεγονός που ώθησε την οικογένειά της να την ενθαρρύνει να γίνει γιατρός. Αλλά η αντίθεση μεταξύ της πρώιμης ζωής της στο Ιράν και όλων όσων έμαθε στη Βομβάη τροφοδότησε την επιθυμία της να επιφέρει αλλαγές. Αφού αποφοίτησε με πτυχίο στην Εκπαίδευση, επέστρεψε στο Ιράν αποφασισμένη να δώσει στα κορίτσια μια γεύση από τη ζωή που είχε ζήσει εκείνη.

Η Gulnaz γνώριζε ότι η συνεκπαίδευση δεν επιτρεπόταν, αλλά σοκαρίστηκε από τις αυστηρές διατάξεις που επιβάλλονταν στην εκπαίδευση των κοριτσιών. Η επιστήμη και η τεχνολογία ήταν απαγορευμένα μαθήματα. Το πρόγραμμα σπουδών για τα κορίτσια περιοριζόταν στη διατροφή, την ανατροφή των παιδιών, τη μαγειρική και την υγεία, στερώντας από τις γυναίκες κάθε καριέρα εκτός σπιτιού.

Παρά την αγανάκτησή της, η Gulnaz συνειδητοποίησε ότι η λειτουργία ενός σχολείου απαιτεί συναλλαγές με την κυβέρνηση. Δεν μπορούσε με κανένα τρόπο να εισαγάγει στη διδακτέα ύλη θέματα στα οποία η ίδια είχε διαπρέψει. Θα έπρεπε να εργαστεί μέσα και γύρω από το σύστημα για να διευρύνει το μυαλό των μαθητών πέρα από τους στενούς τοίχους.

Το πρώτο της βήμα ήταν να επιτρέψει στα κορίτσια να βγάλουν τη χιτζάμπ τους μέσα στο σχολείο. Λίγους μήνες αργότερα εισήγαγε μια εβδομαδιαία συνεδρία γενικών γνώσεων για τις ανώτερες τάξεις. Οι καθηγητές έπρεπε να συζητούν επίκαιρα θέματα όπως η γήρανση του πληθυσμού της Ιαπωνίας, οι εξορμήσεις της Αμερικής στο διάστημα, η υπερθέρμανση του πλανήτη και ο αντίκτυπός της στην κλιματική αλλαγή σε πολιτικά ουδέτερο τόνο.

Ένας από τους καθηγητές της, ο Tehzeeb, ο οποίος είχε επίσης σπουδάσει στο εξωτερικό, μοιράστηκε το πάθος της Gulnaz για την αφύπνιση των νέων μυαλών. Στο μάθημα για την υπερθέρμανση του πλανήτη έφερνε την καμπάνια Fridays for the Future της Greta Thurnberg, οι συζητήσεις για τον πληθυσμό της Ιαπωνίας διανθίζονταν με σχόλια για τη σημασία της εργασίας των γυναικών εκτός σπιτιού. Η Zohra ήταν μεταξύ των κοριτσιών που άκουγαν προσεκτικά, συμμετέχοντας ενεργά στις συζητήσεις.

Όταν οι μαθητές πήραν το νέο σετ βιβλίων τους βιβλίο με εικόνες που απεικόνιζαν γυναίκες καλυμμένες από την κορυφή ως τα νύχια στα μαύρα, η Zohra σχολίασε: "Βλέπουμε γυναίκες κομψά ντυμένες στην τηλεόραση. Γιατί δεν μπορούν τα σχολικά βιβλία να δείχνουν ελκυστικά ντυμένες γυναίκες".

"Τα βιβλία είναι επίσημα. Δείχνουν την πολιτική της κυβέρνησής μας", απάντησε η Fatima, της οποίας ο πατέρας κατείχε υψηλόβαθμη θέση στο Υπουργείο Οικονομικών.

"Μόνο στο Ιράν είμαστε κολλημένοι με αυτούς τους κανόνες. Σε όλο τον κόσμο οι γυναίκες ντύνονται μοντέρνα".

"Γι' αυτό οι άνδρες τους κάνουν κακά πράγματα".

Η Ντελάρα ξιφούλκησε. "Όλες οι γυναίκες ντύνονται καλά στην Ευρώπη. Δεν τις βιάζουν".

Η Φάτιμα ανατρίχιασε στη λέξη βιασμός. Σε αντίθεση με άλλες, ήταν από τις λίγες που δεν έβγαζαν το χιτζάμπ στο σχολείο, παρά μόνο κατέβαζαν το μαντήλι που κάλυπτε το πρόσωπό της. Τώρα τράβηξε γρήγορα το μαντήλι ξανά προς τα πάνω. Τα κορίτσια χασκογέλασαν.

"Κανείς δεν πρόκειται να σε βιάσει, Φατίμα. Είμαστε όλες κορίτσια εδώ", καγχάζει η Ζόχρα. "Μου αρέσει να χρησιμοποιώ ένα έντονο κραγιόν, να φτιάχνω τα μάτια μου. Όταν κάναμε διακοπές στη Γαλλία, οι άνθρωποι με έβλεπαν και χαμογελούσαν. Είναι τόσο ωραίο να νιώθεις τον ήλιο στο δέρμα σου, το αεράκι να φυσάει τα μαλλιά σου".

"Προσκαλείς τον διάβολο!" φώναξε σοκαρισμένη η Φατιμά.

Η συζήτηση είχε αρχίσει να γίνεται πολύ έντονη. Ο Tehzeeb αναγκάστηκε να παρέμβει. "Ποιος δοκίμασε το νέο σαμπουάν που έβγαλε η Oreal;" Παρενέβη αλλάζοντας το θέμα για να έχει τα κορίτσια να τσακώνονται με ασφάλεια για τις μάρκες.

Ανησυχώντας μήπως υπάρξουν επιπτώσεις σε αυτή την αυτοσχέδια συζήτηση, η Tehzeeb ανέφερε την ανταλλαγή απόψεων στον διευθυντή. Τώρα η Gulnaz αναρωτιόταν αν η Fatima είχε αναφέρει τον καβγά στον πατέρα της, μήπως αυτό μπορεί να ήταν πίσω από την αστυνομία που ξεχώρισε τη Zohra για σύλληψη. Ναι, το σχολείο ήταν περήφανα υπεύθυνο για το άνοιγμα των μυαλών, σκέφτηκε. Αυτό το καθιστούσε επίσης υπεύθυνο για το μέλλον των μαθητών. Αν το μέλλον περιλάμβανε μια σύλληψη, το σχολείο είχε καθήκον να υποστηρίξει τους μαθητές.

Είχαν περάσει δύο ώρες από τότε που τηλεφώνησε στον Asfandiar. Τι συνέβαινε στη Zohra μέσα στο κρατητήριο. Όλοι είχαν ακούσει για κορίτσια που ξυλοκοπούνται, βασανίζονται. Είχε καταφέρει ο Asfandiar να το αποτρέψει αυτό; Γιατί δεν απαντούσε στο τηλέφωνο;

Ο πατέρας της Zohra δεν είχε επίσης τηλεφωνήσει. Δεν είχε καταφέρει να κανονίσει τα χρήματα; Ήταν έτοιμη να καλύψει περισσότερα από τα μισά έξοδα. Θα έπρεπε να του το πει;

Το τσιριχτό κουδούνισμα του τηλεφώνου της την ταρακούνησε. Όχι ο Asfandiar. Όχι η οικογένεια της Zohra. Ένας άγνωστος αριθμός. Ήταν η Ντελάρα, η καλύτερη φίλη της Ζόχρα, με τη φωνή της παράξενα βραχνή.

"Μαμά, έχεις ακούσει για τη Ζόχρα;

"Ναι, Ντελάρα. Έχουμε έρθει σε επαφή με κάποιους ανώτερους. Προσπαθούμε να πετύχουμε την απελευθέρωσή της".

"Αυτό δεν θα είναι απαραίτητο. Είναι νεκρή".

"Τι;"

"Την σκότωσαν." Η φωνή της Ντελάρα ξέσπασε σε λυγμούς.

"Τι είναι αυτά που λες! Πώς το ξέρεις!"

"Η αστυνομία κάλεσε τους γονείς της για να πάρουν το πτώμα της".

"Είσαι σίγουρη;"

Οι λυγμοί της Ντελάρα επιβεβαίωσαν αυτό που τα λόγια δεν μπορούσαν να επιβεβαιώσουν. Η Gulnaz βρήκε τα δάκρυα να κυλούν στα μάγουλά της, το χέρι της είχε παγώσει πάνω στο τηλέφωνο, χωρίς να μπορεί να ψελλίσει παρηγορητικά λόγια στο κορίτσι που είχε χάσει τη φίλη της. Τελικά η Ντελάρα διέσχισε την ομίχλη.

"Κάποιοι από εμάς θα πάμε στο αστυνομικό τμήμα για να απαιτήσουμε απαντήσεις".

"Είσαι τρελή! Μπορούν να σε συλλάβουν κι εσένα!"

"Κυρία, δεν είμαστε τρελές. Αυτοί είναι! Πώς τολμούν να σκοτώσουν κάποιον επειδή απλά κουβαλάει μια αφίσα!"

"Ποια αφίσα κουβαλούσε η Zohra."

"Τη συνηθισμένη. Ζαν. Zendagi. Azadi."

"Μην κουβαλάς αφίσες! Μην διαμαρτύρεστε! Αυτοί οι τύποι είναι αδίστακτοι. Μείνετε ασφαλείς! Δεν θέλουμε να σας χάσουμε!" φώναξε, η Gulnaz, με τη φωνή της να γίνεται κρεσέντο.

Η Ντελάρα έκοψε το τηλέφωνο.

Η Γκουλνάζ ήταν πέρα από το σοκ. Παρέμεινε σκυμμένη στην καρέκλα της, με τις σκέψεις, τα συναισθήματα να συσσωρεύονται σε συσσωματώματα στο κεφάλι της. Σχηματίζοντας ένα μπλοκ. Αδύνατο να διαχωριστεί. Θλίψη. Φόβος. Ευθύνη.

Το σχολείο της είχε αναθρέψει αυτές τις γενναίες γυναίκες. Θα έπρεπε να είναι περήφανη; Το σχολείο της είχε επίσης ανοίξει το δρόμο για το θάνατο της Zohra. Μήπως ακολουθούσε λάθος δρόμο; Αλλά θα ήταν σωστό να υποκύψει στην κυριαρχία των τυράννων; Θα έπρεπε ένα σχολείο απλά να βγάζει χαλαρά στερεότυπα; Δεν θα ήταν αυτό αντίθετο με το ήθος της εκπαίδευσης;

Μετά από αρκετή ώρα το βλέμμα της Gulnaz έπεσε στο Μαρτίνι. Το κατέβασε με μια γουλιά και σηκώθηκε. Το Μαρτίνι καθάρισε το κεφάλι της. Ήξερε τι έπρεπε να κάνει.

Θα συναντούσε τα κορίτσια της στο αστυνομικό τμήμα. Θα κρατούσε μια αφίσα και θα φώναζε συνθήματα μαζί τους. Με τη δυνατή, κραυγαλέα, αυταρχική φωνή της, για την οποία την αποκαλούσαν "άρμα μάχης".

Σχετικά με τον συγγραφέα

Meher Pestonji

Ο Meher Pestonji είναι ένας βετεράνος δημοσιογράφος που συμμετέχει στα τρέχοντα ζητήματα της εποχής, γράφοντας για τα παιδιά του δρόμου, τα δικαιώματα στέγασης, τα ζητήματα κοινοτισμού, ενώ παράλληλα καλύπτει το θέατρο, την τέχνη και παίρνει συνεντεύξεις από δημιουργικούς ανθρώπους.

Έχει δημοσιεύσει διηγήματα και μυθιστορήματα με τίτλο "Mixed Marriage and Parsi stories" (HarperCollins India), "Pervez" (HarperCollins India) και "Sadak Chhaap" (Penguin India).

Έχει επίσης γράψει θεατρικά έργα. Το 'Piano for Sale' ανέβηκε στη Βομβάη και το Δελχί το 2005-06. Το 'Feeding Crows' κέρδισε το τμήμα της Νότιας Ασίας στον ραδιοφωνικό διαγωνισμό θεατρικού έργου του BBC/British Council το 2008. Μια ψηφιακή παράσταση του 'Turning Point' έτυχε καλής υποδοχής το 2021.

Η Meher συμμετέχει ενεργά σε διεθνείς ομάδες ποίησης στο Facebook. Έχει δημοσιεύσει ποιήματα σε διεθνείς ανθολογίες υψηλού κύρους, όπως το 'I Ache in the Places I used to Play' της Fin Hall και το 'American Graveyard' της Marissa Prada. Πρόσφατα εξέδωσε την πρώτη της συλλογή 'Poems'.

www.ingramcontent.com/pod-product-compliance
Lightning Source LLC
LaVergne TN
LVHW041608070526
838199LV00052B/3042